Bibliografische Information der Deutschen Nationalbibliothek:
Die Deutsche Nationalbibliothek verzeichnet diese Publikation
in der Deutschen Nationalbibliografie; detaillierte bibliografische
Daten sind im Internet über www.dnb.de abrufbar.

1.Auflage

TWENTYSIX – Der Self-Publishing-Verlag
Eine Kooperation zwischen der Verlagsgruppe Random House
und BoD – Books on Demand

ISBN-13: 9783740709563
© 2016 by Timothy Speed
Herstellung und Verlag:
BoD – Books on Demand, Norderstedt
© Coverbild by Getty Images / iStock / Xavier Arnau
Stock illustration ID:13707805
http://www.timothy-speed.com
info@timothy-speed.com

Vorwort

Der 1973 geborene, britisch-österreichische Künstler und Schriftsteller Timothy Speed beschäftigt sich in seinen Essays, Performances, sozialen Projekten und literarischen Arbeiten mit der Rolle von selbstbestimmten, unangepassten und kreativen Menschen in wirtschaftlichen und staatlichen Strukturen. In seiner Kapitalismuskritik werden die Grundlagen einer kreativeren und humaneren Gesellschaft erforscht. Er setzt sich mit Veränderungs- und Entwicklungsprozessen auseinander, löst diese mit ungewöhnlichen Ansätzen selbst aus oder begleitet sie. Gerade in Zeiten, in denen Individualismus von Angst verdrängt wird und ein übertriebenes Sicherheitsbedürfnis die kreativen Potenziale und notwendigen, krisenhaften Bewusstwerdungsprozesse verhindert, bekommt seine Arbeit hohe Relevanz und Bedeutung.

Viele Jahre hat er die inneren Mechanismen von kreativen und freien Gesellschaftsordnungen untersucht und entwickelte 2003 in dem Buch »Gesellschaft ohne Vertrauen« eine eigene Theorie dazu, wie die Teilhabe vielfältiger, kritischer, unangepasster Menschen in einem System gefördert werden kann und weshalb dies für die Realitätskompetenz und Entwicklungsfähigkeit einer Gesellschaft entscheidend ist. Er zählt zu den Pionieren im Bereich der »systemkreativen« Gesellschaftsgestaltung und eines authentischen »Diversity-Managements«. In seinen Ansätzen wird die Gesellschaft nicht mehr aus von Eliten gesteuerten, halb bewussten, politischen Ritualen gestaltet, sondern in individuellen Prozessen ergründet und umfangreich diskutiert. Die Bedeutung kreativer und systemischer Intelligenz wird erlebbar.

Dafür braucht es laut Speed IndividualistInnen und Menschen, die sich subjektiven und inneren Impulsen hingeben, welche die Strukturen auf der Werte-, Wissens- oder Identitätsebene, durch neue Perspektiven oder Irritation ausreichend destabilisieren, um Entwicklung und echte, demokratische Prozesse zu fördern. Darum spricht er von einem

Recht auf Krise und fordert ein positives Verständnis von abweichendem Verhalten, um komplexere Ordnungen entstehen zu lassen. Wirtschaftswachstum tauscht er gegen Gestaltungskraft, weil die Frage, was Menschen individuell im Leben gestalten können, mehr über den realen Wohlstand in einer Gesellschaft aussagt und negative Erfahrungen nicht entwertet, sondern integriert.

Bereits im Jahr 2000 analysierte er in »Verdammt Sexy« die Probleme für Wirtschaft und Gesellschaft, die aus zu viel Konformismus und Zwang zum Harmlosen und Glücklich-Machenden resultieren. Mit dem amerikanischen Medienforscher Neil Postman diskutierte er die Frage, mit welchem Recht die Medienmacher die Realität gestalteten. Schon hier zeigte sich seine Suche nach der authentischen Gestaltung einer Gesellschaft und nach neuen Strukturen, welche diese begünstigten.

Später entwickelte er mit dem Managerberater Markus Maderner eine der ersten Managementmethoden, welche bewusst die Komplexität nicht reduziert, um das Management scheinbar zu erleichtern, sondern die Vielfalt sucht und integriert, also lernt, damit zu arbeiten. Dadurch kann näher an der Realität, näher am Menschen gestaltet werden und automatisierte Strukturen, die zu gigantischen Nebeneffekten, wie Umweltzerstörungen, Ignoranz oder sozialen Problemen führen, werden von den in dem Buch »Inner Flow Management« entwickelten Haltungen, wie einer bewussteren Form der Unternehmensführung, abgelöst.

Speed zeigt auch auf, wie erst durch das Amateurhafte, Persönliche, Angreifbare und Subjektive echte Innovations- und Entwicklungsfähigkeit möglich wird, da die über-professionalisierte Wirtschaft sich in ihrem Zwang zur Simplifizierung und zum normierten Verhalten selbst von der Quelle neuer und unmittelbar realistischer Einsichten abschneidet. Für Bewegung notwendige Entwicklungsenergie geht in zu viel Ordnung verloren.

Aus diesen Überlegungen heraus versuchte Speed 2010 selbstbeauftragt, als Künstler das Unternehmen Red Bull umzugestalten. Er drohte vor der Zentrale in Fuschl einen Stier zu töten, um einen subjektiven Prozess auszulösen, in dem die

Beziehung zwischen Unternehmen und Mensch neu verhandelt werden sollte. Er wollte sehen was passiert, wenn ein Individuum sich mit allen Aspekten der eigenen Persönlichkeit in die Wirtschaft einbringt, diese komplizierter, komplexer, vielfältiger macht und sich zugleich im Dienst der Innovations- und Realitätskompetenz weigert, ein geschmeidiges, ein einordenbares Produkt zu werden. Weil er in der subjektiven Differenz, im Nicht- oder Missverstehen, im unangepassten Verhalten, die Chance der Erweiterung der Existenz und der Lebenswirklichkeiten sieht.

Zitat Speed: »*Für eine Woche waren die Leute bei Red Bull gespalten. Sie wussten nicht, ob sie als Mensch oder als Funktion auf mein Handeln reagieren sollten. Ich hatte das Gefühl, dass der Mensch in ihnen mit mir den Stier töten wollte, während der Anwalt, der Milliardär, der Manager, der aus ihnen sprach, dies um jeden Preis verhindern musste. In dieser Woche gehörte das Unternehmen allein dem an der Welt zweifelnden Menschen. Der Gewissheit, dass jeder von uns einen Konzern bezwingen, gestalten und verändern kann.*«

In einer Welt, in der sich Firmen durch einseitige Kommunikation in der Werbung und hierarchischen Machtstrukturen dem Bewusstwerden jener Verstrickungen verweigern, jener verborgenen Zusammenhänge, jener Auswirkungen, an denen immer mehr Menschen leiden, kann Arbeit, Staat und Gesellschaft vom Persönlichen nicht mehr getrennt werden, ist alles mit allem in Beziehung. Hier lebt Speed eine Form radikaler Beziehungsfähigkeit mit der Gesellschaft und den Unternehmen und stellt sich sensiblen Wahrnehmungen und persönlichem Schmerz. Dabei entstehen neue Lebensräume aus subjektiver Kommunikation in Welten kommerzieller Gleichschaltung. Für ihn ist dies die Grundlage innovativer Wertschöpfung, Authentizität und Menschlichkeit. Somit wird durch die eigene Sperrigkeit mehr Entwicklungspotenzial in der Wirtschaft vorgelebt und dient so als Grundlage neuer Märkte. Speed forderte den Konzern heraus, sich durch den Menschen hindurch komplexeren und freieren Ordnungen, Weltbildern, Möglichkeiten zu stellen.

Um seine Arbeit an Red Bull zu vertiefen, auf der Suche nach einer neuen Haltung zur Wirtschaft, kündigte er seine Wohnung in Berlin, zog für drei Jahre in ein Zelt und schrieb den Roman »Stieren des Weltdesigners«, in dem eine Gruppe von Individualisten in einem Bus zu Red Bull fährt, um selbst zur Krise zu werden. Damit sie wieder selbstbestimmt ihr Leben gestalten können, sich durch sie hindurch eine komplexere, vielfältigere Ordnung ausdrücken kann, in der auch Probleme sichtbar und Beziehungen gestaltbar werden.

Sie eben nicht in Kommerzwelten ihre Integrität verlieren und von einer vermeintlichen Krise vor sich selber hergetrieben werden.

Timothy Speed entspricht in seiner Arbeit nicht traditionellen Vorstellungen von Literatur. Er bricht mit den klassischen Formaten und Zuschreibungen, lebt Themen subjektiv aus, macht sich angreifbar, um den Blick für das Neue und Unmittelbare zu schärfen.

Da Speed mit seiner eigenen Existenz versuchte, eine neue ArbeiterIn vorzuleben, die sich der Simplifizierung und Effizienzsteigerung verweigert, um die Zerstörung der Vielfalt zu stoppen, war es nur logisch, dass er dabei in einer auf Effizienz ausgerichteten Welt pleite ging und somit auch für den Staat zu Sand im Getriebe wurde. Vom Arbeitsamt schikaniert und völlig verarmt, schrieb er 2014 den Essay »Stärke in der Armut«, in dem er die zweifelhaften Hartz IV Gesetze im Namen der Kunstfreiheit aushebelte und seinen fehlenden Gehorsam zu einem Wirtschaftsförderungsprogramm erklärte. Damit brachte er die amtierende Ministerin Andrea Nahles in Bedrängnis und gab den Armen eine Wirtschaftskompetenz zurück, die ihnen strukturell in der Armut genommen wird.

Der Vizepräsident des Europaparlaments und somit der ranghöchste Österreicher in Brüssel, Othmar Karas ließ über sein Büro ausrichten: »Herr Mag. Karas schätzt Ihren Text sehr, da Sie versuchen ein Verständnis bzw. ein Bewusstsein für Ihre Situation und die von vielen anderen, zu schaffen. Besonders den Aspekt – die volkswirtschaftliche Verantwortung und

Wertschöpfung aus einem ganz anderen Gesichtspunkt heraus zu beobachten, ist ihm ins Auge gefallen...«

Die österreichische Armutskonferenz hingegen lehnte sein Buch ab und verweigerte dem Künstler den konstruktiven Dialog. Zu radikal anders wäre sein Verständnis von Armut. Die selbstbewusste Haltung eines Armen stellte sowohl die traditionelle Postion der Sozialorganisationen, wie auch die Armutsstrategien der Politik in Frage.

Der Theologe Eugen Drewermann schrieb kurz darauf in einem Brief an Speed: *»Ja, warum stehen die Arbeiter nicht auf? Den Grund beschreiben Sie sehr zutreffend selbst. Weil sie froh sind, eine Arbeit zu haben, und sich zu deren Erhalt in jeder Form anpassungswillig bearbeiten lassen. Das tun Sie nicht, aber ich sehe die Gefahr, dass Sie dabei sind, sich in Aktionen zu ruinieren, deren Motive mehr als verständlich sind, doch deren Ergebnisse vorhersehbar gering sein werden....Es liest sich so gut, was Sie schreiben, und es sollte nicht verpuffen...«*

Durch die Arbeit von Timothy Speed wird ein veränderter Verantwortungsbegriff definiert. Das Individuum steht nicht mehr nur in Verantwortung gegenüber den unmittelbaren Pflichten des Alltags, sondern muss auch die Welt, das Innen und das Außen, das Persönliche und das Allgemeingültige integrieren und in ein dynamisches Gleichgewicht bringen. Verantwortung wird somit erst über die Aufforderung zur unmittelbaren Beziehungsarbeit konkret, was Formen von »Scheinverantwortung«, wie der Gehorsam gegenüber unreflektierten Regeln oder Autoritäten aushebelt. Speed lebt vor, wie radikal das in der Praxis ist. Sowohl Institutionen, Unternehmen, aber auch der Staat wird bei der authentischen Verantwortung gepackt. Das Individuum kann die Struktur im Sinne von Menschlichkeit und Innovationsfähigkeit aufbrechen. In dem Versuch Verantwortung zu übernehmen, geriet Speed darum ständig in Konflikt mit Institutionen und Systemen.

Im September 2014 wurde der Roman »Stieren des Weltdesigners« vom Markt genommen. Der Verlag fürchtete die Klage des Konzerns Red Bull. Der Autor sollte sich dem Diktat der Wirtschaft fügen.

Während dieser Tage der Zensur schrieb Speed den literarischen Essay »Intima«, indem er sich mit den unbewussten Kräften des Marktes befasst. Er versucht über seine Theorie der Sphären eine Sprache zu entwickeln, die ausdrückt, weshalb Menschen in Zeiten großer Veränderungsnotwendigkeit, angesichts der ökologischen, kulturellen, sozialen, wirtschaftlichen Krisen, in Schwäche und Passivität erstarren und dabei jede Irritation, alles Neue und Fremde meiden, somit durch ihre Anpassung an den Markt Entwicklung blockieren. Damit zeigte er einen zentralen Betriebsfehler des Kapitalismus auf, der die Lähmung der kreativen Kräfte einer Kultur bewirkt, sowie Realitätskompetenz reduziert, der Kapitalismus darum am Ende immer zur schwachen Planwirtschaft der großen Strukturen führt und freie Eigeninitiative abbaut. Er entschlüsselt die durch Kapitalismus und Rationalismus entstehende Trägheit der Massen. Wie die im Markt verordnete, systematische Verhinderung des Authentischen, des freien Ausgleichs und der unmittelbaren, funktionslosen Begegnung zwischen Menschen. Was auch moralische und soziale Erosion bedeutet. Die Abspaltung vom unmittelbaren Geschehen, um produkthaft zu bleiben, weil sich scheinbar nur davon der eigene Wert ableiten lässt.

Er antwortet darauf mit einer neuen Physik des Individualismus, einem vom Bürgertum ausgehenden, neuen Gesellschaftsdesign, als Disziplin für jeden Menschen.

Wenig später forderte er in einem offenen Brief Liz Mohn, die Eigentümerin eines TV-Senders zum Totalumbau der Medien auf. In dieser einfachen Geste lebt er vor, wie der Mensch sich von den Zwängen des Kapitalismus löst. Nicht ohne Schmerz und ohne Scheitern. Durch das eigene Innere hindurch. Zerfallend, loslassend, bis teils unbewusst, teils bewusst, eine neue, freiere und komplexere Beziehung entsteht, als Grundlage eines neuartigen und radikal humanen Marktes.

Die NGO »Dropping Knowledge« lud Speed bereits 2006, gemeinsam mit bedeutenden Intellektuellen wie Wim Wenders, Hans-Peter Dürr, Jonathan Meese, Masuma Bibi Russel oder

Bianca Jagger, an den größten runden Tisch der Welt ein, um die 100 bedeutendsten Fragen der Menschheit zu beantworten.

Eine Zeit arbeitete er für die Organisation des amerikanischen Präsidentenberaters Don Edward Beck.

Als Speaker spricht er vor Top-Managern, hält Workshops, begleitet Prozesse, provoziert und regt zum Nachdenken an.

Organic Television

Brief an die Fernsehfrau

Timothy Speed

Juristische Klarstellung

Der folgende Brief ist Teil einer künstlerischen Performance und stellt somit eine bewusste Zuspitzung dar. Der Brief wurde 2015 im Rahmen der künstlerischen Aktion an Liz Mohn übergeben, die vermutlich mächtigste Medienfrauen des Planeten, um eine Reaktion auszulösen. In der Hoffnung, sie würde daraufhin das Fernsehen im Sinne des Menschen verändern. Dies ist leider bisher nicht geschehen.

Bei diesem Buch handelt sich nicht um ein Sachbuch, oder gar um einen Tatsachenbericht und keine der darin geäußerten Behauptungen beruhen auf belegbaren Fakten. Es sind bewusste Provokationen und subjektivierte Gedankenprozesse, die als Diskussionsgrundlage dienen. Die darin erzeugte Unschärfe zwischen dem, was ist und dem was sein könnte, ist notwendig, um das kreative Denken anzuregen und wichtige Perspektiven zu integrieren, die in der Behandlung des Themas bisher fehlten. Mit den vorliegenden Übertreibungen ist nicht beabsichtigt, die Adressatin zu beleidigen oder ihr gar üble Nachrede zuzumuten. Es ist viel mehr ein kreatives Spiel, um ihr eine menschliche Regung zu entlocken. Hier wird der Rahmen der Kunstfreiheit ausgeschöpft, um im Dialog mit einer Persönlichkeit des öffentlichen Lebens wichtige Fragen von allgemeinem Interesse zu beleuchten, die anders nicht in dieser Prägnanz darstellbar wären. Sollte die Adressatin dennoch aufgrund dieser Aktion einen emotionalen Schmerz verspüren, müssen wir über diesen reden, uns darüber austauschen, den Dialog suchen, den wir Kultur nennen. Die Konzerne stehen hier in der Verantwortung. Die Zeiten, in denen in den Unternehmen nicht über die verborgenen Auswirkungen des eigenen Handelns frei und offen gesprochen werden durfte, sind vorbei.

Eine Frage, die ich im Jahr 2000, während eines Interviews, an den amerikanischen Medien- und Fernsehkritiker Neil Postman richtete.

Speed: *»Herr Postman, stellen Sie sich einen wirren Traum vor. Wenn ein einzelner Mediengestalter oder Medienkünstler schließlich die Welt als gigantisches Medienprojekt wiedererschaffen würde. Und Sie wären die einzige Person, der es möglich wäre, diesen Gestalter zu treffen. Und Sie hätten nur eine Frage. Was würden Sie ihn oder sie fragen?«*

Postman: *»Mit welchem Recht und mit welcher Autorität beanspruchen Sie das Privileg, die Welt zu gestalten?«[1]*

Einen Brief schreibe ich Ihnen, Frau Mohn! Weil ich der Ansicht bin, dass jede große Veränderung von Menschen abhängt und alle Theorie erst in der Verknüpfung mit der unmittelbaren Möglichkeit, mit denen die es betrifft, Lebendigkeit entfalten kann.

Das »organische Fernsehen« ist kein fertiges Konzept, sondern ein Prozess, der eine neue Denkrichtung, eine veränderte Haltung provoziert. Es dient dazu, Sie und Ihre KollegInnen unter Zugzwang zu setzen. Dies ist ein sehr persönlicher Brief. Ich bin darin nicht immer fair. Das aus gutem Grund. Denn wir haben uns zu sehr an die Zustände gewöhnt und ein klares Wort, eine klare Emotion hat Sie in dieser Sache vermutlich schon länger nicht, wenn überhaupt jemals erreicht. Wer schon knallt Ihnen die Mängel Ihres Fernsehens ins Gesicht? Wie auch, wenn professionelle Differenziertheit zur Distanz führt? Ein Thema aus der Distanz erscheint zwar in klaren Rubriken und Kategorien, während einem dabei jedoch unter Umständen jede Fähigkeit der unmittelbaren, spontanen und authentischen Handlung abhanden kommt und es weder einen kraftvollen Impuls gibt, der Veränderung los tritt, noch ein herausforderndes Feedback, welches diese als Notwendig offenbart.

---

[1] Aus dem Buch »Verdammt Sexy - Die Mediengestalter in der Krise«, von Timothy Speed

Es geht um die Chance der selbstbestimmten Mitgestaltung, in der ganzen Breite des Menschseins, was im Ideal aus einem Zusammenspiel zwischen rationalen und irrationalen Anteilen entsteht. Wobei der Aspekt der Irritation das ist, was den Raum für Change öffnet, das Eigentliche erst ans Licht bringt. Nur das Individuum verspürt Schmerz. Die Grundvoraussetzung für Entwicklung und der wesentliche Unterschied zwischen reiner Analyse und dem tatsächlichen Übernehmen von Verantwortung. Es ist eine Sache das Fernsehen als mangelhaft zu erkennen, eine komplett andere, in einer Welt, die sich an dieses Fernsehen gewöhnt hat, die sich alle Argumente über Jahre zurecht gelegt hat, eine radikale Veränderung vorzunehmen. Das kann nur als Eruption, als Überfall passieren. Am Anfang ist mein Tun darum für Sie und manch andere vielleicht nur Verwirrung. Dann, allmählich, treten neue Strukturen aus dem Chaos hervor. Dahinter steckt eine wohl überlegte Strategie im Umgang mit einem sehr komplexen Thema. Ich habe mir das neue Fernsehen nicht einfach ausgedacht, sondern es entsteht in diesem Moment, da Sie diese Zeilen lesen und in den kommenden Tagen, wenn Sie darauf reagieren. Andere werden diese Impuls aufgreifen. Vielleicht erst Jahre später. Dies ist ein Anfang.

Obwohl das Fernsehen bereits seit mehr als 50 Jahren die Verblödung der Bevölkerung vorantreibt, hat Sie als Eigentümerin mehrerer TV-Sender erstaunlicher Weise noch niemand zur Rechenschaft gezogen, oder Ihnen ins Gesicht gesagt, dass Sie offenbar nicht in der Lage sind, ein Fernsehen zu gestalten, welches nicht die Kultur und Gesellschaft zu Grunde richtet. Eine unerhörte Behauptung. Und doch erfrischend, um Menschen aufzuwecken und für die nun folgenden, differenzierten Details des Themas zu öffnen.

Provokation ist Teil des professionellen Prozesses, an dessen Ende komplexere Ordnung sichtbar werden kann, die auch ich nicht kontrollieren will oder soll. Denn viele Probleme des Fernsehens sind heute bekannt, ändern aber nichts. Auch weil das Thema nicht allein rational gelöst werden kann, sondern ebenfalls die Bereitschaft ein Risiko einzugehen erfordert. Etwas, was für viele Fragestellungen unserer Zeit gilt.

Betrachte ich heute die Medienlandschaft, suche ich nach einer Ansprechperson und finde keine. Da ist kein Mensch, der für all das Verantwortung trägt. Bis auf mich selbst, vielleicht, im Sinne jener Verantwortung, die wir alle tragen. Eine bisher nur allzu schwache Kraft. Die Medien sind ein Phänomen und niemand scheint sie zu besitzen. Bis auf Sie, Frau Mohn.

Lange habe ich mich gefragt, wie es möglich ist, dass die Menschen diesen Irrsinn hinnehmen. Es liegt vielleicht daran, dass sie dessen Ursprung nicht erkennen. Das Fernsehen ist eben so. Was in jedem anderen Kontext sofort zu Empörung führen würde, diese unwürdige Bevormundung beispielsweise, findet im Fernsehen unter eigenen, scheinbar abgespaltenen Regeln statt. Es sind unausgesprochene, undemokratische Regeln. Die Regeln des Fortschritts. Und der Fortschritt ist immer unschuldig. Denn er passiert einfach. Das ist, wie Sie sicherlich wissen, eine große Lüge.

Erst wenn wir den Fortschritt als einen Akt der bewussten Gestaltung betrachten, haben wir, habe ich als Individuum, haben Menschen die Macht und die Fähigkeit das eigene Leben frei und in empathischem Zusammenspiel mit Anderen zu gestalten. Der Fortschritt als abstrakte Übermacht erschafft nur unmündige Bürger.

Die Technologie kann zu einem Ausdruck meiner selbst, des Menschen werden. In dieser veränderten Haltung liegt der Unterschied zwischen dem Entwickler des Spieles, der selbst die Grenzen der Entwicklung bestimmt und den Spielern, die darin gefangen sind. Solange der Fortschritt als Zufall, als scheinbar positiver Unfall der Industrie betrachtet wird, bleiben wir unbewusst agierende Spieler, unter den Anwendungsregeln neuer Technologien, die unsere Realität, unsere Lebensweise, unsere Identität, ja unser ganzes Sein bestimmen. Wenn aber der Fortschritt ein bewusster Akt ist, dann sind die Eigentümer der Infrastruktur dieses Fortschritts für die Regeln des Spiels und deren Auswirkungen auf die Gesellschaft verantwortlich, ja vielleicht sogar schuldig. Sie müssen sich dann vor der Bevölkerung rechtfertigen, oder werden ihrer Rolle enthoben, die mehr ist als ein bloßes Mitgestalten, welches jedem zustehen würde. Und es stellt sich die Frage, ob nicht auch ein anderer Fortschritt möglich gewesen wäre, ja möglich ist. Stellen Sie sich nur vor, die Menschen würden den Firmen die neuen Technologien zurück geben und Änderungen im Sinne größerer Zusammenhänge verlangen! Würden nicht unreflektiert die Paradigmen der Technologie akzeptieren, wie Beschleunigung der Lebensprozesse, Vereinfachung, Verkürzung des Raumes, Vereinheitlichung der Kultur.

Schon bald könnten die Kinder in der Schule lernen, sich stets die Frage nach dem Ursprung des Spiels zu stellen, statt nach dem nächsten Schachzug. Ihnen würde klar, dass sie mit letzterem Schritt nie gewinnen, nie zu ihren tieferen Motiven finden können, sich nur in Kämpfen mit der Gegenseite verstricken. Wodurch sie, für den Fall, dass sie dabei nicht zu Verlierern werden, lediglich eine Belohnung erhalten, die nur dazu dient ihre Wertestruktur auf eine Weise auszurichten, die ihren Wissensdurst sättigt und ihren Entwicklungsdrang auf niederem Niveau hält.

Auch die Medien sind ein Spielbrett und Sie Frau Mohn sind Eigentümerin, was Ihnen eine gewisse Macht gibt. Sie zu hinterfragen ist also der nächste logische Schritt.

Was nützt mir die ganze Medienwissenschaft? Was nützt mir der ganze Rechtsstaat, wenn alles was ich letztlich an Veränderung in den Medien bewirken kann, nur zwischen uns beiden möglich ist? Zwischen zwei Menschen, die wegen ihres Bewusstseins alle Macht in den Händen halten und gleichzeitig vielleicht derart unvollkommen sind, dass ihnen eine Verbesserung nicht auf logischem Wege, sondern nur dadurch gelingen kann, dass sie sich aneinander reiben, sich auseinandersetzen, sich annähern und einen kreativen Versuch wagen. Keine Medienanalyse reicht an die Tatsachen heran, dass Sie Frau Mohn jeden Tag ein anderes Fernsehen verkünden könnten. Es sind keine Naturgesetze, die das Programm bestimmen, sondern es ist vielleicht die Art wie Sie sich der Realität verweigern und in ihrem eigenen Imperium gefangen sind.

Ich erwarte nicht, dass Sie das in den folgenden Seiten beschriebene eins zu eins umsetzen, oder irgendein anderer Sender dies tut. Was ich will, ist einen Dialog darüber führen, wie es mit den Medien neuartig und nicht im vorhersehbaren Diktat der Industrie weitergehen kann, im offenen Prozess zwischen den ZuschauerInnen, den Kreativen, den JournalistInnen und den EigentümerInnen der Sender. Das mag anmaßend klingen. Es ist frech. Es ist unerwartet.

Kritik am Fernsehen ist nicht neu. Heute mag man darüber die Augen verdrehen oder die Dinge pragmatisch sehen. Das Bestreben, ein radikal neuartiges Fernsehen aus Gründen von Menschlichkeit und Freiheit zu erschaffen, mag sogar absurd erscheinen, da nicht nur das Internet, das moderne Medium scheinbar von den Usern mitgestaltet wird, ja von einer Freiheit und Vielfalt zeugt, die in vergangenen Jahrzehnten nicht zu finden war. Darüber wird viel gesprochen. Auch darüber, dass die KonsumentInnen mündiger geworden seien und nun selbst Inhalte auswählten. Ja dass sie darum wohl dieses Fernsehen wollen.

Hier wird in mehrfacher Hinsicht Chance mit Realität verwechselt, denke ich, und Absicht mit Umsetzung, da die Infrastruktur, die Frage wie Medien gestaltet werden können, noch immer von großen Konzernen und Medienanstalten definiert wird und Partizipation nur in einem begrenzten Rahmen stattfindet. Zwar kann heute jeder einen Film ins Internet stellen, die sprachlichen Ausdrucksmittel haben sich jedoch im »Youtubefilm« weitgehend angeglichen. Youtube hat die Dramaturgie verändert und verkürzt. In der Behauptung, dieser Fortschritt bedeute automatisch mehr Freiheit, weil nun jeder einen Film veröffentlichen kann, steckt das alte Spiel der Ablenkung. Man gibt den Leuten neue Freiheiten, wie neue Levels eines Spiels. Trainiert wird dabei erwünschtes Verhalten. Das Kind in uns verwechselt das Mitmachen dürfen mit Liebe, mit Sicherheit, mit Anerkennung. Das Bedürfnis, die Welt grundlegend umzugestalten schwindet. Der eigene Weg wird nicht ergründet, ja überhaupt nicht als erstrebenswert erlebt. Schließlich könnte Ausschluss aus der Gruppe drohen. Eine

Angst, die jene Unsolidarität in der Gesellschaft weiter verschärft. Man bevorzugt den leichten Weg, sucht den Schutz in der Masse und im Mainstream, während einem die tieferen Schichten der Wirklichkeit verborgen bleiben.

Die Technologie diktiert die Kultur und die Kultur diktiert eben nicht die Technologie. Obwohl dies, wie ich in den folgenden Seiten darlegen will, der kraftvollere Weg wäre. Man stelle sich nur vor, wo wir sein könnten, würde die Kultur in einem umfangreichen, zivilgesellschaftlichen Prozess formulieren, dass sie eine Technologie wünscht, die den Menschen von der wirtschaftlichen Abhängigkeit befreit oder sogar von den Strukturen des Machtmissbrauchs? Es ist denkbar, dass wir dann ganz andere Gerätschaften hätten. Die rasche Einführung der Umwelttechnologie zeigt, wie schnell eine Industrie sich den politischen und kulturellen Wünschen der Menschen anpassen und durch neue Zielsetzung auch entsprechende Technologie liefern kann. Es ist Zeit, dass auch Medien verlangt werden, die im Sinne des ganzen Menschen sind und nicht nur im Sinne einer Wirtschaft, die den Konsumenten normieren, in ihrem Verhalten umbauen, vereinfachen und für sich als Ware nutzbar machen will. Mit dem Ziel, die selbstbestimmte Entwicklung des Menschen zu manipulieren und die kreative Energie im System zu kanalisieren, um damit eine Welt in Ihrem Sinne zu gestalten, Frau Mohn. Ist es nicht so?

Im Laufe dieses Briefes will ich diese Zusammenhänge tiefer beleuchten und einen Ausweg aufzeigen. Sie, Frau Mohn werden sich entscheiden müssen. Es gibt von diesem Augenblick an kein Weitermachen wie bisher, denn Sie wurden als jemand enttarnt, der tatsächlich etwas verändern könnte.

Mir ist klar, dass Menschen sich ein solches Verhalten erst wieder erarbeiten müssen. Mitgestaltung, Abweichen von der Norm, um die eigenen Bedürfnisse zu entdecken. Die Grundlage neuer, selbstbestimmter Märkte. Ein Ausweg aus der Lethargie unserer Zeit.

Es herrschen viele Denkverbote und die Erlaubnis sich frei zu entfalten, wurde zu lange verwehrt, als dass diese sich kurzfristig erlangen ließe, oder gar durch das Fernsehen allein initiiert werden kann. Was ich gerade mache, ist eine veränderte Haltung zu probieren. Dabei integriere ich bewusst subjektive Anteile, breche den Zugang auf, erzeuge Reibung und Eruption. Ein größerer Zusammenhang soll sichtbar werden. Größer, als mein Verstand es leichtfertig begreifen könnte. Das Programm wird nicht über die Fernbedienung des Gerätes gewechselt, sondern indem die EigentümerInnen zur Verantwortung gezogen werden. Ich füge dem Spiel eine neue Regel hinzu. Eine zu tiefst menschliche und unvollkommene Regel.

Wenn das Fernsehen nicht von Gott erschaffen wurde, also von einer unangreifbaren Macht, sind die Auswirkungen der Medien nicht mehr Dinge die man hinnehmen muss, sondern dann können sie juristisch verfolgt und politisch verändert werden. Systemische Schuld, also die Anwendung von Macht, deren negative Auswirkungen zwar bewusst sind, aber juristisch nicht erkannt, ist heute noch ein sehr neues Konzept. Die Schuld, die daraus resultiert, sich zwar gesellschaftlichen Zusammenhängen und Auswirkungen des eigenen Handelns bewusst zu sein, sich dieser Wirklichkeit jedoch zu verweigern, um davon einen Vorteil zu haben, auf Kosten anderer, wird öffentlich nicht angeprangert. Das liegt daran, dass wir uns alle jeden Tag selbst schuldig machen, weil wir die eigene Beteiligung an gesellschaftlichen Missständen nicht offen diskutieren und eben diese meist unbewusste Schuld erzeugt den inneren Druck, das Unrecht dieser Welt zu ignorieren. Die großen systemischen Verbrechen unserer Zeit geschehen im Schutz dieser Ignoranz, welche uns als normal verkauft wird, was tatsächlich reiner Irrsinn ist.

In arbeitsteiligen Gesellschaften macht sich das System, die Industrie, das Politikmodell stets unangreifbar, weil die systemische Schuld darin stets kein strafbarer Tatbestand ist. Damit scheinen wir einverstanden zu sein, denn das macht es der BürgerIn leichter. Das Verbrechen der Medien, an der Menschheit, ist in keinem Strafgesetzbuch verzeichnet und kaum ein Staatsanwalt wäre heute in der Lage, es intellektuell zu begreifen. Nicht weil sie dafür zu dumm sind, sondern weil es nicht sein darf. Sie müssten sich selbst als Teil des systemischen

Unrechts erkennen. Denn Bürokratie ist genauso ein Monster der Unmenschlichkeit, wie die Medien es sind. Und sagen Sie jetzt nicht, man könne daran nichts ändern! Was uns hier vorliegt, ist strukturelles Unrecht, welches von oben durchgesetzt wird und von einer charakterlich zu schwachen Bevölkerung, die sich zur MittäterIn gemacht hat, zum eigenen Schaden gedeckt wird. Es wäre zu schmerzhaft, die Wahrheit an sich heran zu lassen. Oder dieser wichtige Prozess brächte uns endlich einander näher. Etwas was ich hier versuche.

Ihr Handeln, Frau Mohn, hat andere Auswirkungen auf diese Gesellschaft, als mein Handeln. Parke ich mein Auto falsch, muss ich eine Strafe zahlen, die dem derzeitigen Monatseinkommen eines Sozialhilfeempfängers entspricht. Beeinflusst ein TV Sender das soziale Verhalten von tausenden Kindern negativ, sind wir mit einem scheinbar abstrakten Gebilde konfrontiert. Der Mensch wird darin zur ArbeiterIn mit begrenztem Verantwortungsbereich. Das nennt man Fortschritt. Der Anfang vom Ende der freien und sich ihrer selbst bewusst werdenden Zivilisation.

Die klassische Definition von Verantwortung verschärft sogar die systemische Schuld jedes Einzelnen, da sie das Individuum zwingt, sich in der Funktion, in der Rolle konform zu verhalten, was es unmöglich macht, der authentischen Verantwortung in einem breiten Sinne gerecht zu werden, nämlich der unmittelbar erlebten Beziehung zu Personen, Umwelt oder gegenüber dem eigenen Inneren. Dies kann nur aufgebrochen werden, indem ich als Konsument eine persönliche, eine direkte Beziehung und Verantwortlichkeit zu Ihnen als Eigentümerin des Senders aufbaue.

Die Frage nach den Individuen, welche die Möglichkeiten hätten, ein System zu verändern, dies aber aus niederen Motiven nicht tun, war bisher für die Justiz kein Thema. Ein Schaden musste erst bewiesen werden, musste ins Bewusstsein breiter Teile der Bevölkerung vordringen, um zu angeprangertem Verhalten zu werden. Somit geht die Justiz zunächst von einem unbeholfenen, dummen Menschen aus, der ohne sich dessen bewusst zu sein, ganze Volkswirtschaften ruiniert. Entspricht das dem Bild von Menschen wie Ihnen, Frau Mohn? Sind Sie eine dumme Primitive? Oder haben Sie ein Bewusstsein über Ihr Tun und sehen dadurch Zusammenhänge, die der Restbevölkerung vielleicht verborgen bleiben? Dies gilt es zu ergründen und darüber sollten wir offen sprechen. Verweigern sich die Unternehmen dieser Ebene des Austausches, schaffen sie jene Verschwörungstheorien, die uns heute in starre Positionen zwingen, in einer Welt, die zunehmend undurchsichtiger wird und zugleich nach einer brutalen Klarheit und Simplifizierung schreit. Es ist Ihre Verschlossenheit, die Unreflektiertheit der Mediengestalter selbst, die ihnen den Vorwurf der »Lügenpresse« oder der »Propaganda« einbringt. Darum ist es wichtig, sich nun zu öffnen und sich sogar kreative und konstruktive Selbstzweifel zu erarbeiten.

Doch wie könnte diese Verantwortung der Medien heute neu betrachtet werden, wenn das konkrete Verbrechen am Menschen als solches überhaupt noch nicht erkannt wurde? Wenn uns dafür sogar die Sprache, oder das geistige Konzept fehlt?

Mit zunehmend komplexeren und nicht zu durchschauenden Systemstrukturen stellt sich diese Frage als Frage unseres Überlebens. Die klassische Verortung von Verantwortung entlang vordefinierter Handlungen, die richtig oder falsch sind, wenn sie im Vorfeld entsprechend definiert wurden, macht es erst möglich, dass Ihresgleichen, wie ich in diesem Brief aufzeigen will, nach meiner Ansicht, erschreckende Dinge mit den Menschen tun, dafür aber politisch und juristisch unangreifbar bleiben. Denn Verantwortung wurde bisher entlang einer Funktion, einer Rolle definiert und nicht entlang von Bewusstsein über Zusammenhänge und Auswirkungen. Verantwortung wird nicht als lebendiger Prozess begriffen, der auf vielen Ebenen ein individuelles Gleichgewicht sucht, sondern als statische und meist von oben definierte Größe. Somit sind Kultur und investigativer Journalismus, was die Aufdeckung dieser Dinge betrifft, weitgehend machtlos und deshalb drangen sie bisher in ihrer Suche nach diesen Zusammenhängen nie zu Menschen wie Ihnen vor. Der zivilgesellschaftliche Prozess der Auseinandersetzung fand am unteren Ende der Auswirkung statt, aber nicht dort, wo komplexe Systeme oder Technologien entstehen. Stärker noch als von der Gewissensfrage leitet sich das Recht und die Pflicht von Wesen mit komplexerem Bewusstsein von der Art ab, wie sie mit ihrer Beziehung zur Welt umgehen. Sie dürfen sich nicht auf den Status Quo einer rückschrittlichen Kultur beziehen, sondern erfüllen als jene, denen Leadership ermöglicht wird, eine evolutionäre Aufgabe. Was gerade passiert, ist die Veröffentlichung Ihrer Zeugenschaft und die Frage, ob Sie entsprechend Ihres Bewusstseins über Auswirkungen Ihres Fernsehens Verantwortung für den Entwicklungsraum übernehmen wollen, der ihnen durch Ihr Bewusstsein zugänglich ist und dessen Regeln sie verändern, wahrnehmen und überwinden können. Ob Sie eine Selbstverpflichtung verspüren, Gerechtigkeit jenseits der Justiz zu leben und somit zum offenen, transparenten und lebendigen Fortschritt der Gesellschaft beizutragen.

Dafür ist es entscheidend, eines zu verstehen:

Die KonsumentIn ist keine freie Person. Sie verfügt weder über Ihre Kenntnisse über Zusammenhänge, noch verfügt Sie über einen bewussten Handlungsspielraum, der ihr den Zugang zu diesen ermöglicht. Das ist essenziell. Denn heute entschuldigt sich die Struktur, ich sollte sagen, die EigentümerInnen der Struktur entschuldigen sich indirekt mit Hilfe einer Vorstellung von Entscheidungsfreiheit, die in der Praxis von ihnen selbst längst aufgehoben wurde. Ein Reflex, der in jedem Herrschaftssystem zu finden ist. Weder die ArbeiterIn, noch die KonsumentIn entscheiden frei. Da der Mensch in die Funktion der ArbeiterIn und KonsumentIn gezwungen ist, um überleben zu können, kann bei der KonsumentIn nicht von einem Bewusstsein über die Breite menschlicher Entwicklungsmöglichkeiten gesprochen werden, welche ihnen tatsächlich die Selbstbefreiung ermöglichen würden. Nur Einzelnen mag das gelingen. Dies ist durch eine Struktur bedingt, von der die einen profitieren, während die anderen dies als Gehege erleben, in dem selbst die damit verbundene Leiderfahrung einem durch geistige und physische Drogen des Konsums vorenthalten wird, was unerwünschte Entwicklung bereits im Keim erstickt.

Wer also behauptet, die Menschen seien ja an diesem Fernsehen selbst schuld, weil sie sich für kein anderes entscheiden, darf nicht gleichzeitig alles unternehmen, um durch Manipulation den Menschen zur ArbeiterIn und KonsumentIn zu machen. Diese Form der Verteidigung des scheinbar mündigen Bürgers wurde bereits erfolglos von der Zigarettenindustrie angewendet. Tatsache ist, dass die strukturelle Ordnung sich nie demokratischen Prozessen stellt. Das heißt, das die Demokratie nur auf dem vordefinierten und verengten Spielbrett real existiert und diese Struktur in sich bereits die Entwicklungsfreiheit beschneidet. Der wahre Fortschritt der Menschheit hängt davon ab, dieses Spielbrett zum bewussten Bezugssystem des kollektiven Gestaltungsprozesses zu machen.

Wenn MedienmacherInnen sich auf die freie Entscheidungsfähigkeit des Menschen beziehen, müssen sie alles tun, um diese zu ermöglichen, statt sie über einen Etikettenschwindel zu behaupten, also scheinbar den freien Menschen meinen, aber nur die KonsumentIn erreichen. Sie können nicht EigentümerIn einer äußerst raffinierten Manipulationsmaschine sein und sich gleichzeitig auf die Entscheidungsfreiheit des Menschen beziehen, um Ihr Handeln zu rechtfertigen. Denn Sie sind sich der Auswirkungen Ihrer TV-Sender spätestens nach diesem Brief bewusst. Sie werden darüber informiert, dass Menschen unter Ihren Medien leiden und werden daran gemessen, wie Sie mit dieser Schuld umgehen. Ja, dies ist nur der Brief eines einzelnen Menschen. Masse hat für die Frage nach der richtigen Haltung zum Menschen aber letztlich keine Relevanz. Spürt nur eine Seele Leid, entlarvt sie ein ganzes System als Tyrannei. Denn heute gibt es den Verweis auf die Minderheit nicht mehr, in einer Welt, in der das Verdrängte, scheinbar Mindere, zu den größten Problemen und Krisen unserer Welt geführt hat. Eine neue Haltung ist gefragt.

Sie haben Ihr Vermögen der Werbung und den modernen Medien zu verdanken. Man könnte auch sagen, der Täuschung von Menschen. Das ist kein Kavaliersdelikt. Und nochmal! Ich will Sie damit nicht verleumden, oder Ihnen etwas Übles nachsagen, sondern lediglich die Frage nach der individuellen

Verantwortung stellen. Lassen Sie uns darüber diskutieren! Ihre Sicht interessiert mich. Wir sollten davon erfahren. Die meisten Großindustriellen beziehen sich auf die scheinbare Wahlfreiheit ihrer Kunden. Vielleicht denken Sie anders. Diese Freiheit der Kunden leiten sie von deren Entscheidungsfreiheit innerhalb der begrenzten Auswahl ab, die das System bietet. Die KonsumentIn hat scheinbar in diese Begrenzung eingewilligt, indem sie am Spiel teilnahm.

KonsumentIn zu sein, bedingt die Bereitschaft, die eigenen Bedürfnisse den Angeboten innerhalb der Struktur anzupassen. Diese Grundentscheidung, wird bei der Einführung jeder neuen Technologie durch einen erschlichenen Vertrag erwirkt. Man kauft ein Produkt und wird nicht darüber informiert, dass man dadurch eine Lebensweise oder gar eine Identität kauft. Um nur ein Beispiel zu nennen. Der Konsument willigt unbewusst ein, das Verhältnis zwischen Geld, Warentausch und Besitz zu akzeptieren, was keine Selbstverständlichkeit ist. Es ist keine Selbstverständlichkeit, dass Werbung existiert, welche Menschen manipuliert, also belügen darf, dass es private TV-Sender geben darf, welche sich negativ auf das soziale Gefüge auswirken. Hat man durch Gewohnheit diesem Vertrag zugestimmt, gibt es für die KonsumentIn nur noch die Wahlmöglichkeiten innerhalb des Systems. Das ganze weitere Leben der KonsumentIn spielt sich in den Paradigmen der Systemregeln ab. Was ihr Bewusstsein über andere Zusammenhänge abbaut und sie zu einem willigen Opfer weiterer, unbewusster Verträge macht. Erst wenn der Urvertrag, also das Spielbrett gekündigt wird, kann freie Entscheidung und somit auch die Fähigkeit zur authentischen Verantwortung entstehen. Bis dahin lebt der Mensch als KonsumentIn, als ArbeiterIn und unterwirft sich diesen Spielregeln, die wie gesagt nicht in bewussten, demokratischen Prozessen entstanden sind. Die SpielerIn ist im Sinne der Verantwortung ein Kind, während Sie Frau Mohn die Erwachsenenposition einnehmen. Diese müssen Sie aber auch einnehmen. Das passiert leider nicht. Darum haben wir eine globale Schwäche des Leaderships. Die Führungskräfte verhalten sich wie Kinder. Die Verantwortung für die Auswirkungen des Fernsehens auf die sozialen Strukturen

einer Gesellschaft tragen, ich überspitze hier, Sie Frau Mohn.
Denn Sie haben das Bewusstsein über die Zusammenhänge und
die Entscheidungsgewalt. Es mag wichtige Gründe geben,
weshalb Sie sich dennoch vielleicht machtlos fühlen, oder Ihre
Pflicht an anderer Stelle verorten. Wenn Sie jedoch nicht mit uns
darüber sprechen, können wir das nicht wissen. Die Medien
bleiben uns fremd. Wir bleiben passive Teilnehmer. Die
Gesellschaft bleibt ein ignorantes Gemeinwesen.

Dass ein einziger Zuschauer aus diesem Vertragsverhältnis
ausbricht und Sie zumindest als Gedankenexperiment für Schäden
an der Gesellschaft haftbar macht, genügt, um das ganze System
zu kippen. Dies ist eine Chance sich gegenüber den Menschen
zu öffnen!

Ich glaube nicht, dass Sie das Recht haben, dieses Fernsehen
einen Tag weiter aufrecht zu erhalten. Es ist nicht einmal Ihre
Entscheidung, obwohl es auch Ihre Entscheidung ist. Wie sollen
wir nur mit Ihnen umgehen, mit Ihrer Rolle, mit Ihrer Position?
Sobald die Justiz die systemische Schuld begreift, was vielleicht
nie passieren wird, ist es vorbei. Dann fliegen Sie genauso auf,
wie die Betreiber illegaler Glücksspiele, die Jugendliche süchtig
machen. Dies hier festzuhalten ist entscheidend, da alles was ich
im Verlauf dieses Briefes darlegen werde, nun zumindest in der
Theorie zu konkreten Veränderungen führen muss. Die Zeiten,
in denen es ein Recht für das »dumme« Volk gab und ein komplett
anderes für jene, deren Verbrechen überhaupt nicht definiert
werden konnten, sind vorbei. Eine moderne Justiz wird sich
vielleicht in Zukunft mehr der zivilgesellschaftlichen Diskussion
von Auswirkungen widmen, statt nur der Überprüfung der
Einhaltung von primitiven Regeln, die durch Abspaltung größerer
Zusammenhänge zu neuem Leid führen und die eigentliche
Kontextualisierung des Unrechts in unserer Welt auf eine Weise
verhindert, die beispielsweise Medienmacher im Windschatten
der Justiz einige der größten Verbrechen an der Menschheit
vollziehen lässt. Nur wer erkennt dieses Verbrechen? Wer fühlt
den Schmerz und kann diesen ausdrücken? Die kleinen Leute
hingegen werden von den Strukturen, durch existenzielle Not,
in vorher definierte Regelbrüche gedrängt und dafür bestraft,

während die Oberschicht die Methodik der Beherrschung und Kontrolle von Märkten, Menschen und Ressourcen der Definierbarkeit entzieht, durch die Schaffung des Eindrucks großer Komplexität.

Der Vertrag, der auch Ihnen ermöglicht, wirtschaftliche Absicht legitim von kultureller oder ökologischer Wirkung zu trennen, ist nichtig. Ich hebe diesen auf und stelle ihn somit zur zivilgesellschaftlichen Diskussion. Ich weiß, diese Macht habe ich nicht, aber es ist eine Geste menschlicher Verweigerung, die Nachahmer finden könnte.

Die Verpflichtung zur allumfassenden Beziehungsarbeit ist die neue Grundlage allen Handelns. Damit wird Idiotenfernsehen genauso strafbar, wie Vergewaltigung oder Nötigung. Dabei geht es mir nicht um die Strafe, sondern um das Bewusstwerden der Auswirkungen.

Es ist Zeit, dass die SpielerInnen ihre tiefer liegenden Möglichkeiten erkennen und diese Ressourcen benutzen. Das aber zählt zu den größten Herausforderungen unserer Zeit. Einer Zeit, in der die Veränderungswege zunehmend verengt und die Kultur des Wandels nicht mehr gepflegt wird. Warum ist es mir derart wichtig, die Frage des menschlichen Bewusstseins in einen Kontext mit der Frage des Fernsehens zu bringen? Weil Sprache, weil das Medium ein Werkzeug der Bewusstseinserweiterung oder dessen Reduktion darstellt. Die Medien sind ein entscheidender Schlüssel. Lerne ich anders mit ihnen umzugehen, finde ich auch die Sprache um Kontexte sichtbar zu machen, ohne die ich weder den Schmerz wahrnehmen, noch eine Alternative entwickeln kann, dann bleibe ich in den Lösungen, die mir vorgebetet werden und die Krisen bleiben die Krisen, als die sie mir erklärt werden. Ungeachtet der Tatsache, dass ich als Individuum darin nicht mehr vorkomme, nicht mehr in den Medien vertreten bin, somit als Ressource verloren gehe.

Was ist Freiheit ohne die Sprache, die Fähigkeit, Bedürfnisse zu formulieren, die nicht medial genormt, vereinfacht, reduziert, gekürzt wurden? Ich gefangen bin, in den Bedürfnissen der anderen. Die mir die Werbung suggeriert.

Betrete ich Ihr Spielbrett und spiele mit anderen Regeln und einem anderen Ziel, weigern sich die anderen Spieler mit mir zu spielen. Denn ich komme für sie aus einer fremden Welt. Die Menschlichkeit ist aber nur in fremden Welten zu finden. Das Bekannte macht ignorant, gegenüber dem neuen Leben, der nachfolgenden Generationen.

Viele Jahre hat dieser Umstand, fremd geworden und aus den Medien geflogen zu sein, nicht mehr zur hippen Zielgruppe zu gehören, mich erheblich ausgebremst. Es hat mich Jobs, Geld und Freunde gekostet. So ergeht es vielen. Du entsprichst nicht mehr den Vorstellungen des Monitors, bist keine Schönheit mehr, nicht reich, nicht sexy, nicht erfolgreich. Nur eine von Tausenden, über die niemand spricht. In einer Realität gefangen, die out ist. Um wieder mitmachen zu dürfen, musst Du werden wie Sie, wie die im Fernsehen. Mit Konsum kann der Schmerz eine Zeit lang gedämpft werden. Dann jedoch willst Du die Revolution. Es könnte kippen. Auch dies ein Moment, an dem Sie das Medium öffnen könnten. Könnten Sie nur einen Tag in meinen Schuhen laufen, oder in denen der Anderen, hielten Sie Ihr eigenes Programm vielleicht nicht mehr aus. In diesem Prozess aber geraten die Regeln Ihres Spiels, Frau Mohn, durcheinander.

Diese Phase der Unklarheit gilt es auszuhalten. Das Fernsehen begegnet der Wirklichkeit und verliert sich darin selbst. Relativieren sich schließlich die wesentlichen Regeln des Spiels, werden auch andere Spiele vorstellbar. Die Spieler finden heraus was sie jenseits Ihres Brettes tatsächlich wollen. Der Keim des Zweifels ist gesät.

Wie kann ich wissen, was meine Bedürfnisse sind, wenn es mir nicht erlaubt ist, den Mangel ohne die vom Spiel abverlangte Lösung, wie einen guten Job, eine Heirat, einen Lottogewinn zu formulieren, weil ich meine Antwort zunächst nur hinaus brüllen will, mit einer Sprache, die das Spiel nicht integrieren kann? Weil sie einer Ordnung entstammt, die weit darüber hinaus reicht. Wenn ich nicht meiner Wut freien Lauf lassen kann? Jenen Anteilen meines Selbst, welche eine Sprache sprechen, die wir verlernt haben und nicht mehr verstehen. Sehen Sie es mir nach! Ich bin gerade nicht eloquent, sondern einfach, ein Mensch mit ganz anderen Problemen, ein vergessener Teil der Welt. Weil die Medien unsere Formen kulturellen Ausdrucks reduziert haben.

Ihr Fernsehen macht mich derart wütend, dass ich jeden Tag einen Fernseher aus dem Fenster werfen könnte. Die mediale Mainstreamdefinition von Erfolg lehne ich genauso ab, wie die Reduktion meiner Existenz auf Funktionen. Muss ich deshalb sofort eine Antwort darauf haben? Nein. Es ist ein Prozess, indem ich nicht mehr funktioniere. Ich will Ihnen damit lästig werden.

Am Anfang passiert etwas, was niemand vorhersehen konnte. Dass der Spieler aufwacht und das Spiel radikal verändert. Durch den Akt des Aufwachens und Umgestaltens. Nicht mehr formattauglich.

Ein turbulentes Vorgehen, das ungeplant eigenen Regeln folgt. Dieser Brief ist ein solcher Bruch. Obwohl es der Versuch ist, genau jene strukturelle Distanz des Mediums zu durchbrechen, meine eigenen Gefühle, Gedanken zu den Medien zu finden, die Medienwelt durch meine Menschenwelt zu erweitern, sie einem persönlichen Gegenüber in den Medien mitzuteilen, ist das keine Freiheit, die mir die Medien ermöglichen, sondern eine, die ich einfordern, mir hart erarbeiten muss. Die eigene Sprache ist ersetzt in der Informationsgesellschaft. Besonders diese freie Sprache. Das hier ist keine Information. Es ist etwas Gelebtes, Lebendiges, Unkontrolliertes. Auswuchernd, sich erweiternd. Ich bin mehr.

Einfach etwas einfordern, ohne wissen zu wollen, wie es passieren kann. Ohne die Kontrolle der Wissenschaft, ohne die Begrenzung des Rechtsstaates. Direkt und unvollkommen. Mein Unterfangen ist es, durch einen persönlichen Brief die kalte Oberfläche des Mediums zu überwinden, die Zukunft der Medien zu einer Frage der Beziehung zwischen Ihnen und mir zu machen. Zu etwas, was Menschen konkret verändern können. In einem Augenblick, da die Geschichte die Chance dazu gibt. Ganz konkret. Jetzt.

Wenn es jemanden gibt, dem die Medien gehören, dann gibt es auch jemanden, der diese verändern kann. Dann sind es nicht mehr die Medien. Sondern die Sender der Frau Mohn. Dann sind es nicht mehr die Monitore, auf denen etwas anderes läuft, sondern Gespräche, Geschehen, in denen sichtbar wird, dass zu wenig sichtbar ist, indem das Medium versagt und darum gut wird, menschlicher wird.

Die Verlage der Frau Mohn. Die ruf' ich mal an oder ich schreib ihr einen Brief und dann geht da was. Es kann doch nicht sein, dass Millionen Menschen sich Ihren Dreck ansehen müssen. Ja, sicherlich. Jedem sein Dreck, jedem die Freiheit, den Dreck zu zeigen! Die Kritik am Fernsehen ist immer der Ruf nach dem, was das Fernsehen nicht zeigen kann. Darum ist es eine Kritik, die das Fernsehen scheinbar nicht erfüllen muss, weil es dies nicht kann, weil es um seiner selbst willen existiert. Zur Unterhaltung, wegen der Information, aber nicht um die Menschheit zu retten. Heute wird von allem erwartet, die Menschheit zu retten. Vom Auto, von der Politik, von der Mülltonne, sogar von der Energie. Warum nicht auch vom Fernsehen?

Nur weil wir denken das Fernsehen sei wie das Wetter. Stellen Sie sich vor, die Sonne würde jemandem gehören! Es wäre undenkbar, dass es noch einen bewölkten Tag gäbe.

Entweder das, oder dieser Person gehörte die Sonne bald nicht mehr. Uns umgibt zu lange die scheinbare Ohnmacht, die nicht nur mich und meine KollegInnen, als Gestalter in den Medien, sondern eben auch die Menschen da draußen lähmt. Ich stelle das fest. Das mag nicht jedem so ergehen. Meine Kultur ist nicht zwangsläufig Ihre Kultur. Was ich erlebe, muss nicht Ihr Erlebnis sein, aber wie soll ich mich ausdrücken, damit Sie mich verstehen, wenn diese Kultur nicht von uns allen, in individuellen Prozessen, mit erschaffen wird? Wenn nicht auch Menschen, die anders sind, vor die Kameras treten. Es ist eine Frage des Gleichgewichts, der Ausgewogenheit, aber diese lässt sich ohne gelebte Beziehung zwischen Menschen nicht verwirklichen. Sonst bleibt sie ein mechanisches Versprechen ohne umfassende Konsequenz. Dann ist es nur die Ausgewogenheit innerhalb des immer kleiner werdenden, geistigen Spektrums der MedienmacherInnen. Die Ausgewogenheit zwischen links und rechts, aber eben nicht zwischen dem Neuen und dem Alten, dem Unverstandenen und dem Eindeutigen.

Die Positionen, welche heute vom Mainstream abweichen, finden keinen Halt. Nicht, weil sie falsch sind, sondern weil das Medium selbst eine glatte Oberfläche besitzt. Wer drin ist, ist drin. Wer draußen steht, steht komplett draußen. Somit ist im Medium gesellschaftlicher Wandlungsprozess nicht vorgesehen. Dieser wird nicht in der erforderlichen, organischen und differenzierten Weise abbildbar. Wenn Sie, Frau Mohn, durch einen Apparat, durch eine Tausendschaft sprechen können, indem das, was Sie wollen, weil es Ihr Sender ist, sich subtil und unbewusst überträgt, bedeutet das ein Ungleichgewicht gegenüber den subtilen Veränderungsströmungen in der Zivilgesellschaft. Das ist ein seltsamer Zustand. Wie würde sich die Welt ändern, wenn ich der Eigentümer Ihrer Sender wäre? Mit dieser Position gilt es zu spielen, damit das Fernsehen Teil der gelebten und lebendig mitgestaltbaren Realität werden kann.

Das ist ein anmaßender Gedanke, aber ist es nicht anmaßend, in diesem Besitzverhältnis zu verweilen, als leite sich davon keine Verantwortung ab? Und warum sollen Sie das nur mit sich selbst ausmachen? Sind sie Gott? Es ist das Verhalten eines Gottes.

Ist es nicht wichtig, die damit verbundenen Gefühle und Gedanken in einem Dialog sichtbar zu machen? Auch wenn es weh tut, wenn es weder das Beste über Sie oder mich aussagt. Ich glaube nicht, dass man demokratisch über das Fernsehen abstimmen soll oder kann, sondern ich glaube daran, dass es etwas fundamental ändern würde, wenn jene, die sich darin ausdrücken wollen, es aber nicht können oder dürfen, sich an einander reiben, sich etwas Gemeinsames erkämpfen, wenn daraus Reife wächst. Warum soll jemand über das Programm abstimmen, dem es egal ist? Das ist nicht Relevanz. Seien wir nicht technokratisch! Sondern unvollkommen.

Dieser Zustand lässt sich durch keine Analyse überwinden, sondern allein durch die Auseinandersetzung mit Menschen wie Ihnen, Frau Mohn. Indem die konkrete Person, die unmittelbare Gelegenheit in den Vordergrund gerückt wird und die konkrete Verantwortung erkannt und angenommen werden kann. Es werden neue Regeln hergestellt, indem neue Verknüpfungen zu neuem Bewusstsein führen.

Ihre Medien hingegen werden heute zunehmend zu einem Werkzeug der kollektiven Vermeidung. Die Sicherheit, dass die Regeln eingehalten werden, wird zu dem Thema unserer Gesellschaft. Unbewusst spüren alle, dass diese bald keine Gültigkeit mehr haben. Bedroht von Auswirkungen des Terrors und des Umgangs damit. Konflikte werden ausgeblendet, um Angst zu vermeiden. Schwierige Themen nicht mehr vertieft. Das Medium erzeugt die Welt als Produkt, nach den Regeln des Produkthaften, des Marketings.

Komplexere Zusammenhänge bleiben ungesehen und werden somit zu unbewussten Schatten. Die Diskurse werden in Reflexen abgehandelt, bis sich Weltbilder verkürzen und Toleranz abnimmt. Ausländer werden verprügelt. Psychische Störungen nehmen zu. Schließlich kippt das Medium in den Bereich der Propaganda. Das Fernsehen behauptet nur noch eine einzige Wahrheit und wiederholt diese in sich selbst, spaltet alle anderen Verknüpfungen ab, bis nur noch die reine Information existiert. Ich bin der Frieden und Ihr seid der Krieg.

Viele sagen heute, die Ukraine-Krise zeige den Verrat der Medien an den Menschen deutlicher als je zuvor. Gestern wurden in Paris Journalisten und Künstler ermordet. Das Volk tobt und die Medien stehen unter Verdacht. Ein Unbehagen ist entstanden. Schnell wird Position bezogen. Das Unbehagen bleibt. Dies ist ein schleichender Prozess. Es beginnt mit dem Zwang zur klaren und vereinfachten Position. Ein Reflex, der in die Struktur des Mediums eingeschrieben ist. Eine Regel des Spiels, Frau Mohn. Ihres Spiels. Ich will zeigen, wie die innere Struktur des Mediums als Spielbrett Konflikte verschärft, ja sogar erzeugt.

Der Moderator, ich nenne ihn Markus Franz, stellt wie getrieben diejenigen Fragen, die allein dem Zweck dienen, die Minderheitenmeinung seines Interviewpartners nieder zu drücken, fort zu schieben. In diesem unheimlichen Gruppenzwang, der öffentliche Meinung genannt wird. Es erfasst uns alle. Was denken die von mir? Wie werde ich gesehen? Auf keinen Fall missverstanden werden! Er zittert, schwitzt, ist ängstlich und dennoch, sein ganzer Körper muss es sichtbar zum Ausdruck bringen, dass er anderer Meinung, ja, der »richtigen«

Meinung ist, aber er kann es nicht aussprechen, er kann nicht sagen, dass er die Dinge anders sieht, weil er als Journalist neutral bleiben muss, die Zeiten hart sind, man die Schnauze hält und entspricht. Also fragt er weiter. Selbst wenn sein Gegenüber überhaupt nicht antwortet, fragt er, als hätte dieser etwas Verwerfliches gesagt, als sei etwas Anderes undenkbar. Keine Berührung, kein Dazwischen. Der Andere hat eine Rolle zu erfüllen. Eine Funktion. Die Funktion, vorgeführt zu werden, um die Positionen subtil und unbewusst zu stabilisieren und ganz nebenbei fast unbemerkt mit Angst zu besetzen. Der Angst vor Nähe. Jene Nähe, die eine abweichende Erkenntnis ermöglichen könnte. Einen Prozess der Auseinandersetzung.

Das Medium verlangt nach einem Sieger. Es verlangt nach der einen Meldung, die bedeutender ist, als alle anderen. Es verkürzt die Wirklichkeit auf das Format des Mediums. Im Ruf nach dem Sieger erzeugt es einen Konflikt nach dem Nächsten und rechtfertigt dies mit dem Ruf nach Klarheit, nach Sicherheit, nach Positionierung in der Welt der Bilder und Überschriften.

Franz wird niemals seine Meinung äußern, aber er wird Fragen stellen, die jene Mainstreammeinung zweifelsfrei offenbaren und er wird nur Antworten hören, die seine Sicht zweifelsfrei bestätigen. Die Sicht, die man haben muss, um als vernünftig, erwachsen, verantwortungsvoll und zuverlässig zu gelten. Als Journalist verdient Markus Franz darum sehr gut.

Viel besser als seine KollegInnen. Es gibt nur wenige Arbeitsstellen, die derart gut bezahlt sind. Diese subtile und doch kraftvolle Meinungsmacht des Mediums ist stets anwesend. Es ist die sichere Meinung. Die in sich abgeschlossene Sicht. Die Meinung der Mehrheit. Das ausgewogene Bild. Ja, die Ausgewogenheit selbst. Das Runde selbst. Die Sphäre. Die Käseglocke als Qualitätsmerkmal der Wahrheit. Die Sicherheit, ja die Angst ist die Meinungsmacht, die sich nie dem dialektischen Konflikt stellen wird, dem Diskurs, sondern aus dem Hintergrund wirkt, die Realität somit im Sinne des Fertigen, des Abgeschlossenen, der Welt die sich nicht mehr erweitern kann oder darf, festlegt. Im vorauseilenden Gehorsam wird ihr gedient. Die Pressefreiheit kann ihr nichts anhaben. Irritation dieser

Meinung ist ein Monster, welches im Keller der Sender und Redaktionen lebt.

Wer es freilässt, kann davon verschlungen werden. In diesen Zeiten darum Dienst nach Vorschrift. Nun sind auch die Medien zahnlos. Stehen der Veränderung im Wege, weil jede Veränderung unter Verdacht steht, dieses Monster zu sein. Es liegt an der inneren Struktur der Medien, dass die Pressefreiheit von inneren Dynamiken des Mediums unterlaufen wird. Diese Mechanismen interessieren mich. Die Frage ist, warum Sie Ihren Redakteuren diese Angst nicht nehmen. Natürlich haben sie Angst vor Abweichung. Vielleicht werden Sie abstreiten, dass dies so ist. Sowohl, dass es das von mir beschworene Monster gibt, als auch, dass Ihre Redakteure gehorsam seien. Die Gehorsamkeit liegt in der Struktur, weil das Medium scheinbar stets ein Produkt verlangt und das Produkt ist immer ein in sich abgeschlossenes, künstliches Gebilde, welches vom Wesen her durch Ignoranz und Simplifizierung geprägt ist. Es verlangt also nach Konsens und Konsens ist nicht Wahrheit.

In der Struktur des Mediums liegt bereits die Verletzung, die Menschen durch Zeitungen oder Fernsehen zugefügt wird. Die Verweigerung der Nähe und die Entwertung der Subjektivität. Die Pressefreiheit schützt uns nicht vor der Brutalität des Mediums, die vielen Wahrheiten genauso im Wege steht, wie so manche staatliche oder wirtschaftliche Repression. Es sind die Regeln Ihres Spiels, ja Ihre Regeln, Frau Mohn.

Es braucht keine Denkverbote, wo Selbstzensur durch die Angst vor Irritation und Nähe, vor Berührung und Verantwortung herrscht. Vor der ständigen Entwicklung neuer Perspektiven und Meinungen, von denen sich kein Status ableiten lässt.

Sie schafft Dogmen. Links ist falsch und rechts ist falsch und dann wieder ist auf jeden Fall dieser Mensch falsch und wir sind richtig. Der Extremismus passiert heute auf der Ebene der systematischen Verweigerung von Nähe und Berührung, mit den Bewegungen des Lebens, die wie Ströme sind, wie das Ein- und Ausatmen eines lebendigen Wesens.

Es wollte gerade noch was sagen, doch dann wurde es als eine absurde Meinung missverstanden und konnte den Satz nicht zu Ende führen. Es hätte diese Zeit gebraucht, um etwas Neues zu formulieren. Zunächst mit den verbrauchten Worten, dann in einem neuen Kontext. Menschlich wäre es gewesen, auch wenn dem ungehörten Einzelnen oft die Sprache zu extrem wird. Alle gegen alle und jeder gegen jeden. Ein Wort kann schon zu viel sein. Der Verdacht ist überall. Für alles gibt es ein Label, nur eine Sprache gibt es nicht mehr dafür, gar eine Kultur des Verstehens, dass was gesagt wird, nicht immer das ist, was jemand meint.

Diese gespielte, diese inszenierte Distanz ist die Gewalt, die sich gegen unmittelbare Erfahrungen und Realitäten richtet. Das Verbot der Ideologie ist die Ideologie. Die Angst vor dem Faschismus ist der Faschismus. Die Medien sagen heute so viel und sprechen dabei immer weniger aus. Das verletzt. Das macht ohnmächtig und wütend. Nicht zu berühren, ist die Gewalt. Der Fortschritt selbst, der uns anderen wie eine Naturgewalt verkauft wird, hat ein dürres Land geschaffen und draußen nur Schreie, die Sie Frau Mohn vielleicht nicht hören können, die Ihre Medien niemals übertragen werden, weil es keine eindeutigen Schreie sind, keine eindeutigen Antworten oder Funktionen, sondern Versuche, das Leben, das Spiel zu erweitern. Unfertige, unkontrollierte Bewegungen, Gefühle, Gedanken, wie das Stöhnen eines komplexen Lebendigen, welches gefesselt am Boden liegt. Viele spüren, dass etwas mit der Welt nicht stimmt. Viele verschiedene Stimmen, die kein kollektiviertes Ganzes sein wollen oder müssen, aber in den Medien wird ihnen nur die feste Position gewährt, nicht der Prozess der Entscheidungsfindung.

In Dresden, wo Menschen demonstrieren, oder in Berlin. Von links, rechts oder aus der Mitte. Gibt es überhaupt einen Weg, denen zu begegnen, die nur noch wütend sind, ohne diese Wut zu steigern, weil da auf beiden Seiten eine Angst ist, alles müsste sich ändern, nur man selbst kann es nicht mehr, da man sich selbst nicht mehr kennt, und Position beziehen will, egal zu welchem Preis? Und dabei sich selbst nur tiefer verletzt. Aber es muss doch raus, in die Medien! Ganz groß! Sich abspalten von den anderen. Dagegen sein!

Das nehme ich wahr, als Zeitgeist. Ohne Bewertung. Es ist ein persönlicher Eindruck, den ich mit Ihnen teilen will. Wie gehen wir damit um?

Ich habe den Verdacht, dass es am Medium selbst liegt, an der Art, wie Fernsehen gemacht wird, dass sich der gesellschaftliche Diskurs, in den Tiefenschichten, darin nicht abbildet, was ausgrenzt und verletzt. Es liegt an unserem Verständnis von Pressefreiheit, welches zu oft nur ein leeres Versprechen ist, eine Hülle, wodurch die Errungenschaft im Kern aus dem Blickfeld geraten ist. Journalistische Unabhängigkeit ist nicht das Selbe wie systematische Distanz.

Über die Art, wie berichtet wird, wird die persönliche und unmittelbare Wahrheit, das Unbequeme, was einem zu nahe kommt, verdrängt. Dass es kaum noch abweichende Meinungen gibt. Es muss kein Meinungsverbot geben, wenn die Infrastruktur strukturell bereits Vielfalt abbaut. Aus Zeitgründen, wegen Geldmangel oder weil es Zielen der Industrie entspricht.

Diese Distanz ist eben keine Ehrlichkeit, kein »ich gehe zwei Schritte zurück um klar zu sehen«. Nein, es ist Ignoranz durch Abstand, Ignoranz durch Fragen, Distanz durch Respektlosigkeit gegenüber der Person. In den Medien wird zu oft schon im Vorfeld gewusst und zu wenig offen erarbeitet.

In einem heute verbotenen Prozess, der schließlich zu Ihrer Haustüre führen würde. Es geht um Integration. Um die Integration einer Leadershiphaltung, in der die Gesellschaft sich wieder aus sich selbst heraus darstellt. Wie stellt man Ausgewogenheit intelligent dar? Wie kann das Fernsehen als lebendiges System neu erfunden werden?

Markus Franz hat es geschafft. Er hat die Frage fünf Mal gestellt und die Antwort nicht gehört. Er ist ein Guter. Ein Reiner. Ein professioneller Journalist, der die Distanz wahrt und die Authentizität verhindert. Den souveränen Umgang mit den Wahrheiten haben auch die Medien verloren. Sie zittern, verstecken sich hinter Albernheit oder Kälte. Was ich versuche, ist albern, ja verrückt. Es muss raus. Uns ist die Mitgestaltungsfähigkeit als BürgernInnen aus den Händen genommen worden, mit der Behauptung, uns zu ernähren, uns

Sicherheit zu geben und Information. Kaum ein Versprechen wurde gehalten. Die Welt ist nicht komplizierter geworden, sondern die Barrieren sind gefallen. Zwischen Kulturen, zwischen Identitäten, zwischen Geschlechtern, zwischen Weltbildern. Das Fernsehen jedoch verhält sich so, als lebten wir noch in den 50er Jahren, als gäbe es die Gesellschaft als von oben gelenktes Gebilde aus klar definierbaren Fronten.

Das ist nicht die ganze Geschichte. Sicherlich. Zuerst werde ich wütend. Dann versuche ich tiefer zu verstehen. Darum verhandle ich jetzt mit Ihnen die Verhältnisse neu. Jeder andere könnte es tun. Hätte vielleicht mehr das Recht, als ich. Aber sonst tut es niemand. Sie wissen nicht, dass Ihnen der Fortschritt gehört, Frau Mohn.

Da ist keine Verbitterung. Es ist ein Angebot. Ein kreatives Moment. Ich versuche meine Emotion zu verstehen. Eine Verletzung. Durch 30 Jahre Fernsehen. Wenn ich nur diese Gefühle verstehen könnte, übernehme ich dafür auch Verantwortung, handle, verändere. Durch Irrtümer, Schmerz, Offenheit. Ich kann nicht sagen wer ich bin, oder wer Sie sind. Das können wir nur gemeinsam erfahren.

In diesem System haben wir alle die Finger drin. Aber die Profis arbeiten in den Medien. Ich habe Schwächen, Fehler, Makel, Unvollkommenheiten. Weil ich lebe. Bei Ihnen ist alles fertig. Makellos, scharf, eine Oberfläche, an der kein Schmutz haftet. Hier, in diesem Moment. Ein Zuschauer bittet Sie, das Fernsehen zu verändern, weil es eine Lebenswelt ist, die sich des größeren Lebensraumes bemächtigt hat und die Vielfalt der Existenz darin nicht überleben, sich darin nicht abbilden kann. Warum eigentlich nicht? Erklären Sie sich!

Morgen bereits kann ich zu ihnen reisen. Wir können es versuchen. Wir werden nicht allein sein. Überraschend viele JournalistInnen und FernsehmacherInnen spüren innerlich, dass sie mehr wollen. Die Menschen wenden sich von den alten Strukturen ab, die nicht mehr stimmen, die nur noch Behauptung sind.

Es ist eine gefährliche Zeit.

Wer mit zu sehr anders gearteter Meinung auftritt, fliegt aus der Infrastruktur der heilen Medienwelt der bunten Bilder, weil sie oder er den von Anspruch befreiten, einen reibungslosen Ablauf sichernden Raum stört, in dem sich Produkte optimal verkaufen lassen. Wir sollen uns wie naive, lächelnde Konsumenten benehmen, mit der harmlos tuenden Kindlichkeit einer Angela Merkel in die Welt blicken. Es ist ja alles in Ordnung. Wenn wir nur alle fleißig sind und tun, was man uns sagt, wird alles gut.

Ich bin fleißig gewesen, habe ein neues Fernsehen erfunden. Wird jetzt alles gut? Man hat es mir versprochen. Tue das Richtige! Tue etwas Gutes und es wird gut. Nichts ist gut geworden. Ich ging pleite, musste Hartz IV beziehen, weil ich ein Jahr lang ein neues Fernsehen versucht habe und Sie dieses Experiment ignorierten. Wo ist die Solidarität geblieben? Warum diese kalte Abweisung? Sogar die Verweigerung eines Gesprächs.

Ich habe viele Jahre versucht, neue Programme zu machen, aber ich hatte nicht das Geld und den Willen, um Programmchefs zu bestechen. Das Fernsehen ist korrupt, selbst das Kinderfernsehen. Ich war selbst Opfer des KIKA Skandals. Nicht jeder wird vor eine Kamera gelassen. Wer aber legt die Kriterien fest und wo stehen diese geschrieben? Man muss passen. Man darf nicht irritieren, abweichen, von Erwartungen. Das richtige Auto fahren. Die richtigen Dinge sagen. Den Job beim Fernsehen hat man. Es ist keine Berufung. Kein offener Prozess, in dem Veränderung erarbeitet wird. Wer erfolgreich ist, ist kein vollständiger Mensch mehr, weil Ihre Definition von Erfolg die Selbstreduktion nach Ihren Regeln erfordert.

Vor einiger Zeit habe ich mich für den Job des Intendanten beim ZDF beworben. Aus Hartz IV heraus. Ich war bereit den Job für 30.000 im Jahr zu übernehmen und zusätzlich kostenlos »Wetten Dass?« zu moderieren, das Format komplett umzubauen, während der aktuelle Intendant an die 200.000 im Jahr verdient. Es war ein humorvoller Versuch der Intervention. Ich hätte dem Staat ein Vermögen gespart und gewettet, dass wir es binnen eines Monats schaffen, ein Geldsystem zu entwickeln, welches im Sinne des Menschen ist, oder dass es unmöglich wäre, eine Sachbearbeiterin des Jobcenters dazu zu bringen, sich dafür zu entschuldigen, etliche Menschen unter Hartz IV gefoltert zu haben. Ruprecht Polenz vom Fernsehrat ist auf das Angebot nicht eingegangen. Ebenso wenig der Intendant Bellut. Feige haben sie sich zurückgezogen. Dabei wäre es ein Format gewesen, welches die Realität da draußen, meine Realität, die von vielen Menschen abzeichnet.

Heute gibt es offiziell keine Zensur mehr und es werden auch keine Menschen vom Staat unterdrückt. Auch verhungern keine Bürger als Folge der Sparmaßnahmen im Sozialsystem.

Diese Dinge existieren nicht, weil sie in den Medien nicht sichtbar sind. Sie wären eine subjektive Meinung. Diese zu berücksichtigen oder zu fördern, käme einer subjektiven Übertreibung nahe. Sichtbar ist nur die Wohlfühlzone derer, die noch gut bezahlte Jobs haben und deren Meinung sich davon ableitet, dass sie jeden Tag mit Menschen verbringen, die ebenfalls ein gutbürgerliches Leben führen, in dem Probleme und Eruptionen in ihrer Symptomatik noch vom Wohlstand übertüncht werden. Die ärmeren Schichten ziehen sich darum zunehmend von der politischen Bühne zurück. Sie dienen nur als Statisten, um Funktionen zu erfüllen, als abschreckende Beispiele, um sich von ihnen abgrenzen zu können. Sie werden immer mehr zu Objekten, zu Freaks, aber bewahre Gott, ihnen eine Stimme zu verleihen oder Mitgestaltungsrecht zuzubilligen. Teile und herrsche, spalte und behalte die Kontrolle.

Das Medium kann das Diffuse nicht ausdrücken. Darum lässt es wie gesagt, tiefgreifende und langwierige Entwicklungsprozesse nicht zu. Das wäre unprofessionell. Es lässt den Menschen allein. Mit dem Misstrauen. Es ist, als existiere es nicht.

Menschen gehen zur Arbeit. Die Russen könnten kommen. Es gibt klare Positionen. Besser, man hat eine. Das verkleinert die Welt. Schließt andere aus. Schafft neues Leid.

Der Wutbürger ist ein Produkt, wie alles das, was die Medien anfassen, heute zu einem Produkt wird, zu einer Funktion. Das dahinter stehende Angebot eines Dialoges auf Augenhöhe wird ausgeschlagen. Man berichtet über, aber nicht mit den Leuten.

Nicht immer, natürlich. Es ist eine Tendenz. Klar wäre es schmerzhaft. Man müsste sich schwierige Positionen anhören und stünde daneben, könnte vielleicht nicht immer klug darauf antworten. Aber es wäre ein Prozess der Auseinandersetzung. Es wäre human. Die Brutalität liegt in der Distanz und distanziert sich die Welt von immer mehr Menschen, zwingt man sie in die physische Brutalität, um sich zum Ausdruck zu bringen.

Eine Beobachtung.

Vielleicht will man mit den Unvollkommenen keine Berührung, weil das Medium nur dann Interesse an der Sichtbarkeit von Mangel hat, wenn dies zum Kauf eines Produktes führt. Das tut es bei verarmten, arbeitslosen und ausgegrenzten Menschen aber nicht mehr. Wie auch? Ich übertreibe. Tue ich das? Es ist ein Lebensgefühl geworden. Aufnahmestopp in den meisten Sendern. Seit Jahren schon. Der Programmchef eines großen Radiosenders sagte mir, man habe einfach nicht den Mut, etwas Neues zu probieren. So folgt eine lächerliche Show auf die Nächste. JournalistInnen kommen nach oben, die verlernt haben, authentisch und spontan Fragen zu stellen, deren Antworten wir noch nicht kennen, ja, nicht vorab kennen wollen. Die Intelligenz der Interviewer passt sich dem Niveau künstlich dumm gerechneter Zielgruppen an. Die Republik ist zu einem Theaterstück verkommen. Mehr Probleme als je zuvor und oben nur Köpfe, die keine Probleme mehr haben, von denen man kaum annehmen kann, dass sie je echte Probleme hatten.

Wer bereits ganz unten war, geht vielleicht nicht derart mit Menschen um, wie Ihr Sender RTL dies tut. Das Messie Team, die Geissens, die Zollfahnder, Frauentausch, Teenie Mütter.

Alles Programme, in denen das Verhalten von Menschen entsprechend niedrigster Bedürfnisbefriedigung, herabgewürdigt, ein Menschenbild unkommentiert, unhinterfragt versendet wird, durch welches Verhalten geprägt und soziokulturell entworfen, Menschen als minderwertig behandelt werden.

Sie sind die Königin des Unterschichtenfernsehens, Frau Mohn. Jenes Fernsehens, welches Meinung, Lebensgefühl und Werte der unteren Schichten dominiert. Neben der Bildzeitung des Springerverlages.

Wenn Sie aber in Ihrer noblen Bertelsmann Stiftung sitzen, mag Ihnen diese Diskrepanz vielleicht nicht auffallen. Aber wie glaubwürdig ist es, einerseits schicke Bildungsprogramme für MigrantInnen zu entwerfen und politische Trends innerhalb der Gesellschaft zu erforschen, während man, so kommt es mir nun vor, das Geld Ihrer Stiftung mit der Manipulation ganzer Bevölkerungsgruppen und deren Verdummung verdient?

Wenn Sie wirklich etwas für Einwanderer tun wollen, warum ändern Sie nicht das erschreckende Menschenbild von RTL?

Wie gesagt, Frau Mohn! Sie wissen zu gut, dass es immer nur darum geht, die Regeln des Spiels, die dahinter liegende Struktur zu dominieren und nicht die eine oder andere Seite eines dialektischen Konfliktes. Das Netz, die Infrastruktur war schon immer das, wodurch der Mensch beherrscht werden konnte. Durch den Fortschritt, der niemandem gehört, der einfach passiert ist. Es ist nicht die Frage, was wir tun, sondern wie wir es tun, die zwischen Evolution, Massenkontrolle und individueller Freiheit entscheidet. Infrastruktur ist nicht dem Diktat der Effizienz gefolgt, sondern dem Diktat der Reduktion der Vielfalt und der Kanalisation der Gestaltungs- und Veränderungskräfte einer Gesellschaft. Es ging immer nur darum, den natürlichen Ausgleich zwischen Menschen zu verhindern, Waren und Werte zu schaffen, deren Zugang zu begrenzen und somit Lebens- und Gestaltungskräfte aufzustauen, diese für die Schaffung einer eigenen Welt zu benutzen, von undemokratischen Eliten entworfen, an die sich die Menschen anpassen sollen. Es wurde ein Markt durch Manipulation erreicht, in dem immer weniger Unternehmerfamilien einen zunehmend größeren Anteil des Planeten in ihren Besitz nehmen, um den scheinbar schuldigen und unvollkommenen Menschen zu dominieren, damit später jeder als nicht ausreichend definiert werden kann, weil das Grundprinzip der Entwertung, zur Unterhaltung, salonfähig gemacht wurde. Nun aber bröckelt die Fassade. Und Sie sollten mir an dieser Stelle gut zuhören!

Denn es liegt eine Gefahr darin, da Internet und Fernsehen wegen der Funktionsweise der medialen Infrastruktur, menschenverachtende Vorurteile und wenig differenzierte

Weltbilder erzeugen und fördern. Was die Werbung will, Differenziertheit, Sensibilität und emotionale Reife bei den Leuten abzubauen, ein Bestreben welches auch Ihre Medien mitgetragen haben, könnte sich mit der ganzen Aggression der nun aufwachenden Menschen gegen Sie richten. Wer Gut und Böse stereotyp definiert, kann plötzlich selbst in die Rolle des undifferenzierten Feindbildes geraten. Das Marketing könnte kippen. Eine zerstörerische Kraft, die mir Mut macht, aber vor der ich Sie ernsthaft warnen will. Es könnte passieren, dass der Mob, den Sie, den Ihre Medien nicht nur nach meiner Ansicht getäuscht haben, Sie eines Nachts aufspürt und aus dem Haus zerrt. Sie fänden keine Gnade, keine Differenzierung, keine Schattierungen in der Beurteilung Ihres Handelns. Mit der Brille von RTL betrachtet wären Sie nichts als ein Mensch zweiter Klasse. Jemand könnte Sie erschlagen, wie einen Hund.

Das ist die Stimmung, die heute in den Straßen zu spüren ist. Niemand traut mehr dem Anderen. Keinem Medium kann vertraut werden. Nur in der unmittelbaren Beziehungsarbeit wächst Vertrauen und Wissen. Verlieren wir den Kontakt zur Wirklichkeit, verlieren wir alles. Ohne Vertrauen, ohne Solidarität, ohne Kultur sind wir nur Tiere.

Ihre Unternehmen verbreiten Ihre Weltsicht in jedes Wohnzimmer. Sie mischen sich in die Politik, sind, wie ich gehört habe, eine gute Freundin der Kanzlerin Angela Merkel. Ihre Unternehmen gestalten die Realität in diesem und vielen anderen Ländern.

Sie sind eine Meinungsmacherin.

Ich schreibe Ihnen diesen Brief, weil Sie mit Ihrem Weltbild mein Leben penetrieren. Sie reden auf mich ein. Seit meiner frühen Kindheit. Aber umgekehrt bleibt mir die eigene Sprache verwehrt. In den Beziehungen steckt das Wissen, steckt der Lebensraum. Diesen erarbeite ich mir nun mit Ihnen. Das ist der einzige Weg, wie der Konsument wieder ein Mensch werden kann. Und nur wenn das gelingt, sind auch Sie wieder sicher.

Die Distanz zwischen uns ist ein Schmerz, den auch ich zu lange nicht beachtet habe.

Am Ende ist heute jede Aussage eine Verschwörungstheorie. Darum habe ich nur die eine Chance, wenn ich Sie persönlich berühren kann. Erst wenn Sie mit mir reden, kann ich mir sicher sein, was stimmig ist. Ob der Amerikaner lügt, oder der Russe. Ob die IS mordet, oder die Nato. Erst wenn ich verstehe wer Liz Mohn wirklich ist, kann ich wieder vertrauen, ja Integrität besitzen, wissen wer ich bin und frei entscheiden.

Es ist Zeit, die Medien grundsätzlich zu überdenken. Was schon vor Jahrzehnten gesagt wurde, ernst zu nehmen und zu reagieren.

Was machen die Medien mit uns? Warum spaltet das Medium den Menschen? Was ist der Mechanismus, der die Menschen heute verletzt, ausgrenzt und auf die Straßen treibt?

Ich will das hier vertiefen. Es ist eine Prozessarbeit, ein Versuch. Ich bin überzeugt, dass sich der Umgang mit der Information ändern muss, soll die Gewaltspirale je durchbrochen werden. Wir müssen einen Weg finden, das Fremde sprachlich zu integrieren, statt immer wieder dieselben Herrschaftsmechanismen zu reproduzieren und um die ganze Welt zu senden. Um die Entwertung zu verstehen, muss begriffen werden, wie der Umgang mit der Information zur Waffe gegen die Menschheit geworden ist.

Für die Bevölkerung ist mangels Aufklärung aus dem Blickwinkel geraten, dass die Technologie, die Methodik, das Medium, wie schon Marshall McLuhan sagte, die übergeordnete Botschaft bereits beinhaltet und jede darin geäußerte Information zuvor zu einem Teil der durch die Infrastruktur begrenzten Realität geworden ist. Wie gesagt, das Medium selbst schafft Spaltung. Wer das begreift, versteht auch weshalb die Medien ein bewusst gestaltetes Spielbrett sind und nicht einfach nur ein Werkzeug, um Informationen zu übertragen, welches sich in zufälligen Schüben der technologischen Emsigkeit entwickelt hat.

Nur wenn es gelingt diesen Mechanismus zu verstehen und es den Leuten begreiflich zu machen, können wir diesen auszuhebeln. Es gibt keinen Frieden, solange es diese Medien gibt.

Twitter bestimmt die Regeln, nach denen der kurze Satz wichtiger ist, als der lange Gedanke, oder der komplexere Sachverhalt. Das Video auf Youtube ist zuerst ein Youtubevideo, welches bestimmte Eigenschaften haben muss, um sich verbreiten zu können und erst danach ein individueller Inhalt, der sich zuvor auch in der Bildsprache allen Vorgaben des Google Konzerns angepasst hat und somit die Welt von Google, als globale Welt im Sinne Googles mit erschafft, bis die Googlewelt unsere eigentliche Realität ersetzt. Die Realität der Konzerne, die dann zu unserer Realität werden soll.

Es geht mir nicht darum, diese Googlewelt zu dämonisieren, damit auch ich im Kampf dagegen zu einem Label werde und die Spaltung sich fortsetzt, sondern ich will Google subjektiv erleben dürfen und mit der subjektiv erlebten Information ein Teil der kollektiven Wirklichkeit sein. Eine MitgestalterIn, welche die Welt durch sich selbst lebt und nicht im Widerstand gefangen, nur als unterdrücktes Ich gestaltet. Vielleicht werde ich auch Google einen persönlichen Brief schreiben und eine Begegnung anbieten? Sie sollen mich kennenlernen. Mit mir einen Kaffee trinken. Wir sind alle ein Dorf.

Mir ist klar, dass dies auch heute unglaublich klingt und dieser Effekt des Verlustes an Identität und Kultur, wegen der Brutalität des Marktes, mal mehr mal weniger real erscheint. Manchmal macht es auch Sinn dies zu relativieren. Zu relativieren, damit das Individuum wieder frei atmen, frei denken kann. Das von Konzernen propagierte Menschenbild jedoch, ist nicht in demokratischen Prozessen entstanden. Kaum jemand zweifelt heute noch daran, dass die Wirtschaft die Ordnung in den westlichen Gesellschaften stärker bestimmt als die Parlamente.

Die Infrastruktur definiert das Wie und wer das Wie definiert, der hat auch die Freiheit des Individuums in den Händen. In einer Welt, in der jeder alles jederzeit veröffentlicht, ist die einzelne Botschaft weitgehend relativiert, wird reduziert auf die Klickrate, auf die dadurch erzeugten Reflexe einer Zielgruppe, die nur noch zu Reflexen fähig, sich immerzu selbst bestätigt, dem Neuen nicht mehr begegnen, es nicht »liken« will.

Weil das Neue dann nur noch im Sinne des Status, durch die hohe Klickrate, definiert ist, aber nicht durch den Inhalt.

Das ist gut für die Industrie, weil der Konsument vom natürlichen Streben nach Veränderung und komplexeren Zusammenhängen entwöhnt werden kann, durch Belohnung, die einfach zu bekommen ist. Eine Generation, die bereits glücklich ist, wenn sie geliked wird, richtet ihre Werte an äußeren Dingen aus, also an Marken, Design und Schönheit.

Intelligenz bedeutet ihr genauso wenig, wie die Bereitschaft sich in einen Konflikt zu begeben, um ein höheres Ziel zu verfolgen.

Diese Konditionierung geschieht natürlich schleichend und darum scheinbar schmerzlos und ohne Irritation. Das ist für die Industrie zentral, weil nur die Angleichung aller Bedürfnisse große Massenmärkte ermöglicht, durch die Massen abgeschöpft und Individualismus geerntet werden kann. Die Marken verwandeln das Individuum in ein Produkt der Marke und umso mehr Menschen sie dabei der Marke anpassen, umso mächtiger wird ihre Macht im Markt. Die Bedürfnisse sollen sich angleichen und nichts ist dafür geeigneter, als ein Medium wie Facebook, welches ein Profil voraussetzt und in dem Kommunikation davon bestimmt ist, dass man sich wie die Anderen verhält. Das passiert nicht sofort. Vielleicht über Generationen. Aber es passiert.

Es wird dem Nutzer nicht vorgeschrieben, was sie oder er sich anziehen soll, oder was die Inhalte sind. Das würde als Diktatur empfunden. Das Wie wird vorgegeben. Versteckt als Zwang des technisch Möglichen. Das Medium kann eben nur das. Darum können wir auch nur auf diese Weise kommunizieren. Das Wie ist alles. Knapp und im Sinne der Klickrate. Im Sinne der Belohnung.

Kulturen werden umgebaut, Nationalitäten versetzt, Weltbilder auf- oder abgewertet. Dabei erscheint es heute beispielsweise nicht verwunderlich, dass jene das Urheberrecht, also den originären Schöpfer von Inhalten, Gedanken, künstlerischen Werken anzweifeln, ja den Individualismus selbst, wenn deren Selbstausdruck sich auf Klicks und das Kopieren von vorhandenen Inhalten beschränkt. Weil die Technologie den persönlichen Selbstausdruck nicht überträgt.

Photoshop und Word haben die persönliche Handschrift verdrängt. Sie durch Einheitsformate ersetzt, die wir leichter benutzen können, aber dabei einen Teil der Identität aufgeben müssen. Das tun die Leute leider bereitwillig, um sich auf diese Weise einer möglichst großen Gruppe zugehörig zu fühlen, davon die Illusion der eigenen Bedeutung und Sicherheit abzuleiten. Da stört es natürlich, wenn man vor dem Klick um Erlaubnis zur Weitergabe fragen soll. Wen soll man auch fragen, wenn das Gegenüber scheinbar ebenfalls nur eine austauschbare Form des Selbstausdrucks vermittelt? Warum auch, wenn der Einzelne in der Masse anonym geworden und sein Handeln nur noch als marginal wirkungsvoll, also auch nur als marginal verantwortlich erlebt.

Wenn man die eigene Stärke nur noch von der Stärke der Gruppe ableiten kann.

Auch hier ist die Kultur das Ziel des Attentats der Industrie. Eine durch unbewussten Konsum derart von den Konsequenzen des individuellen Handelns befreite Meute kann in jede Richtung gelenkt werden. Wo der persönliche Handstrich schwindet, wo wir in der Masse untertauchen, werden die Auswirkungen des eigenen Tuns nicht mehr bewusst. Sie werden verschleiert, in der Angleichung. Im Mitschwimmen im Schwarm. Bis es ganz leicht ist, gegen die Umwelt, gegen den Menschen, gegen die eigene Wahrheit zu handeln. Abgekapselt in Sphären ohne kreative Kraft, ohne Eigenwillen.

Dies ist nicht plötzlich passiert, sondern fing im Fernsehen an, wo der Konsument ohne Bewusstsein über Konsequenzen des passiven Konsumierens konditioniert wurde.

Wenn ich das sage, ist das natürlich eine Zuspitzung. Menschen lassen sich nur bedingt kontrollieren. Unsere Natur ist zu komplex. Dennoch lässt sich nicht bestreiten, dass dies versucht wird, dass diese Auswirkungen bestehen und die Gefahr real ist.

In durch das Medium erzeugten sphärischen Welten, in denen man dem Fremden wegen dem »Matching« nicht mehr begegnet, in denen abweichende Originalität abgelehnt wird, um den eigenen Mangel nicht sehen zu müssen, der einem von frühester Kindheit an eingetrichtert wird, wie von der Werbung, scheint jedes Mittel recht.

Tatsächlich kann heute niemand genau wissen, auf wessen Spielbrett sie oder er gerade spielt. Was in Generationen aufgebaut wurde, muss vielleicht auch in Generationen aufgearbeitet werden.

Echter Individualismus ist ein langer Prozess, den man sich erarbeiten muss. Eine Phase, in der man nicht verstanden, in der man fremd wird. Umso mehr uns Technologie den Selbstausdruck erleichtert, durch fremdbestimmte Identität oder Software zur Gestaltung von Freundschaften, umso schwieriger ist es, darin individuelle Positionen auszudrücken.

Das Internet wie auch das moderne Fernsehen schafft Jugendkultur und die Jugend schafft kein neues Fernsehen mehr, kein neues Internet. Jedenfalls nicht in der Grundstruktur und die ist letztlich entscheidend. Technologie sollte ein Produkt des Menschen sein. Nicht der Mensch ein Produkt Ihrer Technologie, Frau Mohn.

Dies hier ist der Griff der subjektiven und freien Individuen, nach der Grundstruktur. Dieser kann natürlich nicht aus konsensorientierten Institutionen kommen. Auch geht es nicht darum, die eine HerrscherIn gegen die andere zu tauschen. Selbst wenn meine Ausführungen nicht ganz stimmen, wenn es nur eine Angst ist, eine Ahnung, über die wir vielleicht in fünfzig Jahren lachen, macht es doch Sinn, sich diesem Gefühl zu stellen, zu fragen, was daran durch einen spricht. Als wer spreche ich und welche Auswirkung hat das auf die Menschen in meinem Umfeld? Betroffen will ich sein. Gebrochen und zurückhaltend, sensibel, offen für das Gegenüber. Die Maschine entscheidet sich niemals freiwillig, nicht zu funktionieren. Das kann nur der Mensch.

Das Wesen der Information und die Hoheit der Deutung.

Die Beschleunigung in unserer Welt, die eine natürliche Folge der Normierung und Angleichung aller Lebensbereiche im Sinne einer von der Industrie, ja vom Industriellen, Produkthaften selbst geprägten Wirtschaft ist, weil es kaum noch Reibung gibt, welche die Krise als Chance, als Lebensraum begreift, hat das Wesen der Information in unserer Zeit grundlegend verändert. Denn auch die Information ist ein Produkt geworden. Dies erscheint zunächst selbstverständlich.

Alles, was fertig ist, ist auch ein Produkt. Produkte müssen ja klar und eindeutig sein. Sie brauchen eine abgeschlossene Form, die man mit anderen Produkten vergleichen kann. Einen Wert. Etwas was definierbar ist. Allgemeingültig. Betrachte ich das einzelne Produkt, mag einem auch möglicherweise nichts Verwerfliches in den Sinn kommen. Es ist wieder die Frage der Normierung aller Lebensbereiche in die Wesenszüge des Produkthaften, des Professionellen, leicht Zugänglichen und einfach zu Verstehendem, was mir Sorgen bereitet. Umso weniger Abweichungen zwischen den Informationen kommuniziert werden können, was die natürliche Folge der Professionalisierung der Informationsübertragung in unserer Gesellschaft ist, umso weniger wird Information individuell verarbeitet.

Dies liegt an der Arbeitsweise unseres Gehirns. Wenn ich keinen persönlichen Bezug zu einer Information aufbauen kann, wird diese als abgespaltene Einheit integriert und verbleibt passiv, als Form der Informationsüberforderung. Sie wandert direkt ins Unbewusste und wird dort zum Übertragungsmittel von Ordnungsmustern, wie Werten, Weltbildern, Tabus oder Idealvorstellungen. Es passiert aber keine bewusste Auseinandersetzung.

Der individuelle Bezug ist nur dort herstellbar, wo eine Information offene Verknüpfungen zulässt, weil sie beispielsweise keine fertige Wahrheit präsentiert, oder diese vorgaukelt. Eine solche Information aber hat im Medienbetrieb keinen Wert. Sie ist auch in der Wirtschaft praktisch wertlos. Für das Leben aber ist sie die Grundlage. Auf der Subjektivierung der

Information basiert, wie ich in dem Hörbuch »Working Economy« und in vielen anderen Werken zum Ausdruck brachte, die Quelle von Energie, Wissen, und Nahrung, in einem lebendigen System. Ohne die Subjektivierung der Welt verarmt diese und noch lange haben wir nicht begriffen, wie wichtig die subjektive Sicht für die Entwicklung einer Gesellschaft ist. Meine Arbeit der letzten zwanzig Jahre hatte darum immer zum Ziel die Wissenschaft, die Wirtschaft, die Kultur zu subjektivieren, sie zu einer hoch individuellen Lebenswelt umzubauen. Nicht weil meine subjektive Sicht die Richtige ist, sondern weil wir nur in unseren subjektiven Wahrnehmungen authentisch leben, ohne die diese Gesellschaft verarmt und die meisten großen Probleme unserer Zeit resultieren, so dass die großen, vereinheitlichten Informationen das lebendige System ersticken, wir einander nicht mehr verstehen, nicht mehr zuhören können. Denn verstanden wird nur dort, wo man sich das Verstehen mühevoll erarbeiten muss, wo es eine beidseitige Kultur ist. Die Wirtschaft jedoch hat wie die Medien diese Kultur aufgekündigt.

Das ist eine zentrale Aussage darüber, wie wir Information verarbeiten. Umso weniger Bandbreite der Interpretation eine Information zulässt, umso weniger wird sie individuell integriert, neu verknüpft, oder hilft sie dem Individuum, über sich hinaus zu wachsen. Stattdessen überschreibt diese perfekte und objektivierte Information das Individuum.

Dies mag uns mit Rückblick auf das angeblich finstere Mittelalter der willkürlichen Deutung der Welt und der Geschehnisse als Fortschritt erscheinen. Doch haben wir dabei weitgehend übersehen, dass jede Welt, auch eine durchgehend von Maschinen dominierte, letztlich eine Fantasie darstellt und die Natur diese stets zerstört, wie der Löwenzahn, der sich durch den Asphalt schiebt, schließlich die gerade Straße vernichtet.

Über den sprachlichen Ausdruck, über das Wie. Wie wir über ein Thema kommunizieren, bestimmt, wie wir darüber denken. Dieses Wie gilt es zurück zu erobern, denn es gehört dem Individuum. Das industrialisierte Wie schafft tiefe Gräben, aus denen auszubrechen zunehmend mehr Energie kostet und die meisten von uns gehen bekanntlich den Weg des geringsten

Widerstandes, bleiben darin verhaftet. Was zu vielen Problemen führt.

Fehlt der persönliche Bezug zur Information, wird die Gewohnheit der Amerikaner beispielsweise, ständig neue Kriege vom Zaun zu brechen, zu einem natürlichen Ordnungsmuster. Wird der Krieg in den Medien als schlüssig und zweifelsfrei verkauft, was die Grundvoraussetzung dafür ist, dass überhaupt darüber berichtet werden kann, weil dies in den modernen Medien stets eine klare Botschaft erfordert, passiert keine bewusste Beschäftigung mit dem Geschehen und das Ordnungsmuster Krieg wird zur Realität der Massen. Sie sehen es als normal an, dass Amerika ständig in Länder einfällt. Das Verhalten des hart Durchgreifens überträgt sich auch auf andere Lebensbereiche und findet beispielsweise Anwendung im Umgang mit Ausländern oder Arbeitslosen. Auf diese Weise werden die Ordnungsmuster einer Gesellschaft durch das Medium umgebaut, während die ZuschauerIn stets nur fertige Aussagen über politische Geschehen sieht, zu denen sie keinerlei persönlichen Bezug hat. Sie ist als Subjekt, als Individuum ausgeschlossen.

Die Information verbleibt im Besitz der Medien. Es passiert keine eigenständige Aneignung, Veränderung oder Entwicklung durch die ZuschauerIn. Sondern diese nimmt sie passiv und meist unbewusst auf. Was der industrielle Zweck der Informationsübertragung, ja des Fernsehens selbst ist.

Kostenlos angeboten wird die Information somit zum Lockmittel, um in den Verkaufsraum einzuladen. Um die Identität des Verkaufsraums anzunehmen. Dies wird nie ausgesprochen. Weil solange nichts in den Medien als das benannt wird, was es ist, bleibt die Manipulation suggestiv und ohne Irritation zu erzeugen, die einen aus dem Schlaf reißen könnte. Nur im Zustand der Suggestion kann die Bedeutung, die mit den Produkten verknüpfte Lebensweise, das Wie, im Unbewussten deponiert werden. Die Lebenswelten und Realitätsparadigmen, die damit verbunden sind, die der Patient mit dem süßen Bonbon bunter Bilder in sich aufnimmt und konsumiert.

Es entstanden in den letzten 50 Jahren Datenautobahnen des Mainstreams, auf denen Information zunehmend stärker zur isolierten Einheit verkam. Auch durch ständige Unterbrechung mit Werbung. Für abweichende oder tiefer gehende Fragen ist heute keine Zeit. Durch die Zunahme der Beschleunigung erscheint der Diskurs, die Infragestellung, ja allein die subjektive Abneigung gegenüber einer Information bereits zu viel Reibung zu erzeugen, weshalb diese in den Medien und somit auch außerhalb weitgehend ausbleibt. Der einzelne Journalist hat da kaum eine Chance. Diese Reibung aber wäre der Raum der freien Entscheidungsfindung. Es stimmt schon. Niemand zwingt einen, dem Ruf der Medien zu folgen. Auch wird einem keine Entscheidung verboten. Sie erscheint einem nur umständlich. Das Medium nimmt uns darum diese Entscheidung ab und nennt es Dienstleistung. Die ungebeten aufgedrängte Inszenierung ihres Lebens als Erfolgsgeschichte, mit Hilfe der Reizung von Nervenbahnen, um Momente des Glücks mit Marken zu assoziieren und unterschwellig damit das Verhalten zu prägen. Ab einer gewissen Schwelle des durch Normierung und Beschleunigung verhinderten Aufnahmevermögens, kapselt sich die Information vom Kontext ab und wird somit zur Überforderung für den menschlichen Geist. Immer mehr Komplexität und Aufnahmevermögen wird abtrainiert, während zugleich zunehmend größere Hürden von den Synapsen überwunden werden müssen, um einen neuen Kontext abzubilden, statt schlicht dem zur Gewohnheit gewordenen Weg des geringsten Widerstandes zu gehen. Der dadurch subjektiv empfundene Überfluss der Informationen weist der Einzelinformation als Schutzreflex die Eigenschaft des Fertigen und Objektivierten zu. Die Information wird verwaltet und in den Medien dargestellt. Und sie trainiert somit meinem Gehirn die Fähigkeit ab, in komplexen Verknüpfungen zu denken.

Auch das Internet tut dies. Es trainiert zwar jede Information als Vernetzung, als Verlinkung wahrzunehmen, aber eben nicht jede Information in Beziehungen zu erkennen.

Vernetzung ist nicht Beziehung. Vernetzung ist die Angleichung einer Beziehung, oder eines Kontextes, wodurch die Illusion der Nähe oder Gleichheit entsteht. Ich bin mit Dir vernetzt, bedeutet, dass ich mit Dir eine Welt teile, eine Welt die durch die Vernetzung nie größer wird, sondern in sich stagniert. Beziehung ist hingegen eine natürlich gewachsene Struktur, in der auch sich einander nicht angleichende Partner in Kommunikation verbunden sind, weil daraus für das Gesamtsystem ein qualitativer Wert erhöht oder weiter entwickelt wird. Die Beziehung ist ein Prozess des inneren Wachstums. Vernetzung lediglich ein Prozess des Abbaus von Vielfalt und der Angleichung von Interessen und Bedürfnissen an ein vereinheitlichtes Weltbild.

Internetuser sind untereinander vernetzt, weil sie in ihrem gemeinsamen Profil vernetzbar sind. Sie teilen eine gemeinsame Rubrik. Sie haben aber kaum gelebte Beziehungen zueinander, die vom Profil abweichen.

Etwas Anderes wird von der Technologie des Internets überhaupt nicht zugelassen, weil die Reduktion des Wahrnehmungs- und Kommunikationsspektrums ein essentieller Teil dieses Mediums ist. Der Anspruch, Kommunikation zu vereinfachen, ist die Absicht, Identität zu reduzieren, zu simplifizieren. Tragisch ist, dass diese Falle, die allen Medien eigen ist, von denen, die sie über längeren Zeitraum benutzen, kaum noch erkannt wird. Das Medium assimiliert ihre Benutzer.

Somit wird die Beziehungsfähigkeit an sich durch die modernen Medien abgebaut. In der Beziehungsfähigkeit aber steckt das Wissen. Mit Wissen meine ich das breite Bewusstsein über möglichst viele Zusammenhänge, Auswirkungen, Ursachen und Verbindungen. Beziehung ist das, was synaptische Verknüpfung im Gehirn ist. Die Voraussetzung für Intelligenz.

Die kulturelle Beziehung bildet die Intelligenz einer Gesellschaft, während die synaptische Verbindung die Intelligenz des Gehirns ermöglicht. Das bedeutet die Fähigkeit, Informationen zu verknüpfen und selbstständig zu denken.

Der Nutzer des modernen Mediums hingegen wird zum Empfänger von Reizen degradiert, die dicke Bahnen im Gehirn, im Denken verfestigen und feine Querverknüpfungen abbauen.

Das Medium schafft die Kultur und trainiert dem Nutzer eigenständige, individuelle Verknüpfungen ab. Dies hat zur Folge, dass wir Medien zunehmend weniger intelligent benutzen, sprich nur noch passiv konsumieren. Im Netz wird die Kommunikation selbst konsumiert. Information wird zu einem Reize übertragenden, geistig-seelischen Massagegerät, um inneres Unwohlsein mangels fehlender Anforderungen und zur Linderung von verdrängter seelischer Unruhe, durch die mehr Leid in der Welt erhalten bleibt, zu überspielen. Von Abend zu Abend, Nachmittag zu Nachmittag, ein Leben lang. Die Konflikte unserer Welt bleiben auch darum ungelöst, weil wir zu ihnen keine eigenständige Beziehung aufbauen und uns somit gegenseitig permanent verletzen. Wir bleiben unfähig zur menschlichen Beziehung, zum Prozess der Reife und dem Willen zur tiefgreifenden Beschäftigung, um eigenständige Antworten zu finden, um eigenständige Leben leben zu können, die das Gesamtsystem bereichern. Weil wir einander in kleine Stücke spalten. In Funktionen, Projektionen und Schatten. Als Völker, als Länder, als Militärs. Solange der Nachrichtensprecher behaupten kann, ein Profi zu sein, behauptet eine Methodik zu benutzen, welche die objektive Wahrheit abzubilden vermag, vergewaltigen wir einander, ohne es zu merken, trampeln über die Gefühle der Individuen, ohne davon Notiz zu nehmen, unterstützen eine Methodik, die der Industrie zu noch mehr Macht verhilft, während sie unsere Familien, unsere Identität, unsere Kultur zerstört. Ich sage es nochmal. Vielen erscheinen diese Worte übertrieben. Viele sind bereits selbst zu den Medien geworden, die sie konsumieren. Wir leben in der einen Welt, geschaffen von Firmen, die uns versprechen, uns dafür zu ernähren. Wir haben verlernt, was uns tatsächlich nährt, nämlich alles was ist. Eingekapselt in kontrollierten Verwertungsstrukturen, bleiben wir stets abhängig von den Zielsetzungen und Erwartungshaltungen der strukturellen Ordnungsmuster. Eine abstrakte Welt, die scheinbar keine Eigentümer kennt, keine Gestalter. Die Gestalter sind verschwunden.

Sie wissen nicht mehr, was sie verloren haben. Sie spüren diesen Schmerz nicht mehr. Für sie ist es richtig, was die im Fernsehen sagen. Für sie ist das normal, also wieder erkennbarer Teil ihrer Realität. Denn sie sind es, die darin dargestellt werden.

Sie, die sie zur richtigen Zielgruppe gehören, die noch gebraucht, das heißt weiterhin vorgeführt und verblödet werden, um die Infrastruktur am Leben zu halten, von der Menschen wie Sie Frau Mohn, profitieren.

Die Information, somit auch die Wahrheit, ist wie gesagt zu einer Ware geworden, zu einem Rohstoff und somit ist sie uns als subjektiver, individueller Lebensraum geraubt worden. Darum schreibe ich Ihnen diesen Brief, damit ich mir diesen Lebensraum von Ihnen zurückholen kann.

Diese Professionalisierung der Gesellschaftsgestaltung ist die verdeckte Methodik der faschistoiden Reduktion der Entwicklungsfreiheit einer Gesellschaft. Wir haben es zugelassen. Auch die neuen Medien ändern daran nichts. Der Akt der Kommunikation ersetzt in den sozialen Medien die Kommunikation selbst. Am Ende ist das Gelikedwerden als solches wichtiger, als das, wofür man geliked wird. Darum können die Inhalte zu Stereotypen werden, zu Modulen bestimmter Kategorien, wie Liebe, Sex, Vergnügen, Spass oder Politik. Das Wie des Mediums ist übermächtig gegenüber den Inhalten, weshalb diejenigen, die Inhalte schaffen, heute auch kaum davon leben können. Diese sind nichts mehr wert. Auch ein Grund, weshalb das Fernsehprogramm derart schlecht ist. Die Entwicklung von Qualität will niemand mehr bezahlen. Man müsste etwas individuell Neues riskieren. Eine Abweichung, die Verlust der Zugehörigkeit zur Folge haben könnte. Die Sender verscherbeln nur noch das kulturelle Erbe. Die logische Konsequenz der Verwandlung der Information in die Ware ist die Kategorisierung und Abstrahierung der Information in ihren Zweck, als Aufmerksamkeit generierende Einheit. Die Kategorisierbarkeit ist essenziell. Der Inhalt zweitrangig. Was nicht in eine Kategorie passt, somit der Aufrechterhaltung des Programmes im Sinne der Industrie dienstbar gemacht werden kann, kommt in den Medien nicht mehr vor. Damit wird die Welt automatisch verkleinert und Unterschiede werden abgeschafft. Die Kategorie Unfall, Skandal oder Krieg lässt sich schließlich über jede Kultur stülpen und nur der sich ewig wiederholende Rhythmus zwischen Unfall, Skandal und Krisengebiet bietet ausreichend Bandbreite an Reizen, um den Konsumenten in dessen Abhängigkeit von Stimulation, gegen die innere Leere, weiter an sich zu binden.

Schnell verkehren sich auch die Werte, um den Datenfluss niemals zu stören. Intelligenz ist verantwortungslos und Dummheit das, was einem Freunde verschafft. Alles was zählt ist, die Kontrolle der Reize, die zum erwünschten Kauf- oder Wahlverhalten führen. Die Macht der Infrastruktur dominiert alles und trainiert uns, in dessen Sinne zu kommunizieren, somit in dessen Sinne zu existieren.

Hier passiert kulturelle Prägung, durch die Industrie, durch die Infrastruktur, die nicht zufällig entsteht, sondern hinter dem ein ökonomischer Wille steckt. Sie Frau Mohn, haben auch diesem Umstand Ihr Vermögen zu verdanken.

Der von der Wirtschaft dominant geprägte Kulturraum erscheint zwar bunt und vielfältig, jedoch nur noch als Inszenierung, als Akt der Buntheit, nicht als gelebte Vielfalt, die auch keine kurzweilig verwertbaren Konflikte und Abweichungen vom Gewohnten erfordert und zulässt.

Ist man den Medien erst verfallen, scheint einem zunächst nichts zu fehlen, weil Mangel darin nicht mehr thematisiert wird, es den individuellen Schmerz darin nicht gibt, er würde ja nicht sofort verstanden, da die Sprache der Medien an sich nicht mehr lebendig atmet, sondern eine Massenware geworden ist. Irgendwann werden unsere Gedanken nur noch am anderen Ende der Welt eingekauft, weil sie dort billiger zu haben sind.

Man kann sich auch gleich dafür entscheiden, die komplexeren Gedanken nicht zu kaufen, weil diese einen einsam machen. Auch unsere kulturelle Prägung von Liebe, Wahrheit, Schmerz oder Originalität, wäre dort erhältlich. Wer noch Bonuspunkte gesammelt hat, kann sich gleich dazu kostenlos eine neue Handyhülle bestellen, oder eine ganze Industrie. Alles ist vergleichbar, alles ist ein Produkt.

Sie, Frau Mohn, können diesen Irrsinn beenden. Vielleicht wird man Sie abknallen, wenn Sie es ernsthaft versuchen. Oder aber wir haben die Zeichen der Zeit richtig gedeutet und nun ist möglich, was noch vor wenigen Jahren undenkbar erschien.

Spaltung und Integration. Die Zwänge der Übertragbarkeit.

Weil die Information sich durch das Medium vom komplexen Kontext abspalten muss, um über das Medium übertragbar zu werden, verlangt das Medium, wie gesagt, radikale Beziehungsverweigerung. Diesen Mechanismus will ich weiter vertiefen.

Die Dominanz der Medien in allen Lebensbereichen, weil nun von überall Botschaften in unser Leben flackern, baut die Kultur, ja den Lebensraum um. Mit einem Impuls, einer Frequenz der permanenten Spaltung. Es genügt schon ein Monitor im Raum, um die individuelle Stimmung eines Raumes, das Angebrachte des Moments, mit aus dem Zusammenhang gerissenen Bildern oder Geräuschen zu penetrieren, die sich nicht integrieren lassen. Die Folge ist der Zerfall des authentischen, des unmittelbaren Ortes. Wo die flackernden Bilder auch auftauchen, zerstören sie jeden Ort. Ihnen folgt die austauschbare Architektur der Konsumpaläste.

Die Information ist zum Selbstzweck für das Medium und deren Macher geworden und die Medienmacher verschwiegen bisher gekonnt, dass es immer nur um die maximale Verbreitung des Mediums als Infrastruktur ging und nur zweitrangig um die Verbreitung von Inhalten. Die Nachrichten wurden eben nicht ausgebaut, um dem Menschen Informationen über die Welt zu bringen, sondern um dessen Welt in die Medien zu verlagern, wo diese normiert, kategorisiert und reduziert werden konnte. Das Ziel war immer, die Abschaffung der kollektiven, der kreativen und freien Intelligenz, das Abblocken der direkten Verbundenheit des Menschen mit der Natur, mit der Quelle des Wissens, welches zugleich dessen Lebensraum ist. Die Medien sind Kolonialismus, Herrschaftsprinzip und wer sie benutzt, denkt manchmal andere Inhalten würden etwas daran ändern. Doch die Form ist übermächtig und nur wer die Form bricht, macht neue Inhalte möglich!

In der Geschichte des Mediums Fernsehen kam es zu vielen Verdrehungen und handwerklichen Kniffen, um grundlegende

Widersprüche des Mediums zu relativieren und die Annahme dieser neuen Technologie reibungslos zu gestalten.

Die mediale Wahrheit ist ein künstliches Produkt, welches beispielsweise der Legitimation der Nachrichtensendung dient. Doch als Wahrheit angenommen wurde es nach dem alten Herrschaftsprinzip, nach dem, wer die Macht hat, auch vor den Massen spricht, weshalb dem zugehört wird, dessen Autorität sich von der Menge an ZuhörerInnen ableitet. In der Verleugnung der missbrauchten Macht bleibt dann nur die behauptete Wahrheit als solche anzunehmen. Alles andere würde zur Revolution führen.

Die Information muss darum im Fernsehen zunehmend weniger Wahrheit werden, um möglichst viel Produkt zu sein. Das Image zählt. Das Bild, welches zur Abwertung anderer Bilder führt. Man eignet sich die Information an, um darin sich selbst als Verkünder von Wahrheiten zu inszenieren.

Ich mag darüber nicht sachlich sprechen. Es kotzt mich an. Ich bin irritiert. Diese Irritation soll bleiben dürfen. Lange vor der Lösung gilt es diese auszuhalten.

Die Wahrheit ist das Produkt, ein Fake. Und der Fake ist nichts Leichtes, nichts Harmloses, sondern der Fake vergewaltigt irgendwo jemanden. Harmlos erscheint er nur denen, die nicht hinsehen wollen, die sie abtun, die Scheiße der Welt. Als Fake erkannt werden kann diese aber nur, wenn der Betrachter in Beziehung zum Umfeld, zur Welt ist. Bleibt dieser ebenfalls isoliert und produkthaft, ist es ihm unmöglich die Information als Fake zu erkennen. Bewusst oder unbewusst wird sie als Wahrheit aufgenommen. Man selbst wird zur Wahrheit dieser Information und überträgt sie weiter auf Andere. Ihr tut mir damit weh. Ihr schiebt mich fort. Ich darf nicht mehr sein.

In der Redaktion ist heute wieder keine Zeit. Die News kommen direkt von den Agenturen. Schlagworte. Man will der Erste sein. Es ist eine eigene Sprache. Eine Gewohnheit. Am Abend kommen wieder Tausende zusammen, auf den Straßen.

Was wollen sie sagen. Alles wäre zu kurz. Kein Satz kann genügen, die Unzufriedenheit zu erfassen. Sie wissen nicht, was sie wollen. Nur was sie nicht wollen. Das Fremde. Sie reden von ihrer Kultur und haben dabei keine mehr. Der Rassismus ist die Sprache derer, die selbst keine Kultur mehr besitzen, die auf der Flucht vor sich selbst sind. Mit den Worten aus den amerikanischen Serien lässt sich ihr Leben nicht vergleichen.

Fuck, Shit, trifft es nicht. Wie sollen sie sprechen, haben sie doch nur gelernt Ja zu sagen und zu konsumieren, alles cool zu finden, oder Shit eben. Gewalt ist, was bleibt - und Schweigen. Sie bedingen einander. Die Schläger auf den Straßen und die Produzenten in den Studios.

Es ist wieder spät geworden, in der Redaktion. Sie wollte noch was sagen, tat es aber nicht. Mitbekommen was läuft, drückt Naivität aus. Wer damit klar kommt, ist stark. Zynismus ist die neue Form von Gerechtigkeit. Kultureller Zerfall. Sprachlosigkeit. RTL.

Die Technik diktiert wie gesagt, dem Menschen das Wie. Der Mensch orientiert sich zunehmend am Funktionieren. Hat von der Maschine die Funktion übernommen, als ein Heilsversprechen. Mediale Informationen und Wahrheiten können, so lautet die Regel, nur von der Technologie übertragen werden, wenn die Information zuvor von den vielfältigen Kontexten vor Ort abgespalten wurde. Wieder spricht die Infrastruktur mit der Sprache der scheinbaren Vernunft und Richtigkeit. Es muss ja funktionieren. Darin liegt das Selbstverständnis der modernen Presse. »Die Menschen haben ein Recht, die Information zu erhalten«. Somit ist die Information im Besitz der Öffentlichkeit, nicht im Besitz derer, die sie vor Ort unmittelbar erfahren. Von diesen muss sie um jeden Preis genommen werden. Sie wird bearbeitet und geschnitten, reduziert und stereotypisiert. Die Betroffenen dürfen nicht für sich sprechen, nicht über das kurze, aus dem Kontext gerissene Zitat hinaus, sondern für sie wird gesprochen. Sie werden ins rechte Licht gesetzt. Durch ExpertInnen. Dadurch schafft das Medium sich eine eigene Welt. Die Medienwelt. Sie ist die maximale Verweigerung von breiter Verflechtung, um die Information in Besitz zu nehmen.

Weil die BesitzerInnen der Information diesen Anspruch legitimieren müssen, sind sie gezwungen, sich auf die Wahrheit, auf die eine Wahrheit zu beziehen, die sie hierarchisch beherrschen. Sie müssen sich gegenüber den vielen Perspektiven überhöhen, damit man ihnen zuhört. Damit es nicht eine Frage ist, weshalb diese Information und nicht jene ausgewählt wurde, sondern allein die Akzeptanz erreicht wird, dass es um die große Wahrheit geht. Die sich den Bedürfnissen der Maschine anpassen muss. Darum die Show. Darum die Verkleidung als Journalisten und Moderatoren. Um zu legitimieren, dass sie das Wissen der Menschheit reduziert haben, um sich selbst in den Vordergrund zu rücken und vom Gefühl des Mangels einen Wert abzuleiten, den wir bezahlen sollen. Damit verstärken sie die Eigenschaft der medialen Information, eine abgespaltene Wahrheit zu sein, die sich dem Wissen fundamental verweigert. Jenem Wissen, welches in den Verknüpfungen steckt.

Die Medien bauen also Wissen in der Welt ab, um die Herren über die Information zu werden. Sie lassen Dich weg. Behaupten aber die Welt mit Wissen zu versorgen, was sie nicht zu großzügig oder zu sehr in die Breite der möglichen Perspektiven teilen dürfen, wollen sie ihren Status nicht gefährden. Schnell könnte dem Betrachter bewusst werden, dass auch dessen Sicht eine Berechtigung hat, wenn es nicht nur zwei, sondern drei oder gar 50 Sichtweisen eines Themas gibt. Die Definitionshoheit der Medien würde sich in der Welt auflösen und wir bräuchten sie nicht mehr. Denn es könnten die Menschen eigenständig zu denken und sich Wissen zu erarbeiten beginnen und es wäre das Ende von Sendern und Zeitungen. Dies scheint heute zwar in den neuen Medien zu passieren, wäre da nicht die Infrastruktur, die wiederum im Dienst an der Übertragungstechnologie das Wissen wieder in abgespaltene Information rückbaut, je nach verwendetem Logarithmus der jeweiligen Suchmaschine, oder der jeweiligen Social-Media Plattform. Solange Wissen von der Industrie immer wieder auf Information reduziert wird, bleibt die Menschheit unfähig, fundamentales Wissen zu teilen und sich aus den Verflechtungen mit der Industrie zu befreien.

Wenn ich lokales Wissen abgebe und internationale Information zu erhalten, hat dies nur zur Folge, dass der Lebensraum vor Ort verschwindet, sich an die internationalen

Gewohnheiten anpasst, damit das Dorf zu den globalen Marken passt, die Produkte überall akzeptiert werden. Somit wird der Lebensraum, der noch Freiheit und Individualismus ermöglichte, scheinbar freiwillig aufgegeben, um zu Dienern der Industriellen und der Medienleute zu werden, bis schließlich der Lebensraum von immer mehr Menschen verschwindet, sie keine Jobs mehr bekommen, weil ihre Fähigkeiten nicht gefragt sind, im Spiel nichts mehr bedeuten.

Seit Anbeginn moderner Medien und Informationsübertragung stand immer die Frage im Mittelpunkt, wie das Wissen in der Breite in möglichst kleine Einheiten zerlegt werden kann, um diese möglichst störungsfrei zu übertragen. Wobei unter Störungsfreiheit die Vermeidung von abweichenden Verknüpfungen gemeint ist.

Die Wirklichkeit, die wir sehen, musste in Bildzeilen zerlegt und am anderen Ende der Übertragung wieder identisch zusammengesetzt werden. Es stimmt, dass die Information identisch übertragen wird, aber bevor sie übertragen wird, wird sie auf das Format der Übertragbarkeit, auf das Profil des Mediums reduziert. Hier passiert der Sündenfall, den die Medienmacher stets verheimlichen. Ihr Anspruch die Wahrheit zu transportieren, weshalb nur ihnen zugehört werden soll, resultiert aus ihrem Umgang mit dem technischen Medium. Obwohl die öffentlich-rechtlichen Sender den Bildungsauftrag auf ihre Fahnen schreiben, haben auch sie kaum Kompetenzen im Sinne des Wissens und dessen Vermittlung, sondern überwiegend ein Können im Sinne der Informationsbeherrschung und der geradezu technokratischen Ausgewogenheit zwischen zwei Perspektiven, die wiederum im Rahmen eines Framings völlig unreflektiert reduziert werden. Es herrscht ja keine Ausgewogenheit zwischen dem, was wir zu wissen glauben und dem, was wir nicht wissen, sondern immer nur zwischen zwei behaupteten Positionen, meist etabliert, die sich im dialektischen Streit befinden. Das ist keine Ausgewogenheit, sondern die Inszenierung von Aufmerksamkeit, zu Gunsten eines Machtapparates, der uns zwischen zwei Positionen kontrollieren und manipulieren will.

Die Macht der Struktur, des Mediums selbst bleibt dabei stets im Hintergrund. Sicherlich, der Konflikt zwischen der Realität und dem Abbild dessen ist so alt wie die Menschheit selbst. Wir versuchen seit Jahrtausenden, die Wirklichkeit über das Bild zu beherrschen, es mystisch zu meistern. Doch das Abbild bindet, isoliert und verzerrt das reale Erleben, das Original. An diesem Versuch, an diesem Pulsieren zwischen der Vielfalt des Universums und der Abspaltung eines Aspektes in Form von Bildinformation, ist zunächst nichts Verwerfliches. Es gehört zur Dynamik des Lebens und bildet die Grundlage des kreativen Geistes. Fällt jedoch das Pulsieren zwischen der Vielfalt, zwischen dem Wissen, welches in den Verknüpfungen steckt und der Wahrnehmung eines Teilbereichs weg, um dieses benennen und definieren zu können, nimmt die Lüge, der Fake die dominante Rolle ein und das breite Wissen (Bewusstsein), welches die Grundlage einer humanen, einer vielfältig begreifbaren, darum dem Fremden gegenüber toleranten Gesellschaft ist, wird zerstört. Da das Fernsehen überwiegend ein Mittel der Reduktion ist, baut es Wissen ab, um Information zu generieren, weshalb innerhalb des Fernsehens eine neue Struktur entwickelt werden muss, die dem etwas entgegensetzt. Dies ist nicht der Aufstand der Vergessenen und Frustrierten, sondern die Rückkehr der MitgestalterInnen, ja des kreativen Menschen selbst. Aus dem Dreck trete ich hervor. Habe nie studiert, habe nie Erfolg gehabt, bin gescheitert. Ich weiß wovon ich rede.

Das ist der Urauftrag der Medienethik, sowie der politischen Bildung. Heute, da die Massen sich missverstanden und nicht wahrgenommen fühlen, erscheint dies wichtiger als je zuvor. Sprich aus, was in Dir ist! Unperfekt und subjektiv. Sprich es aus, bis das Medium daran zerbricht! Die wahre Pflicht der Armen und Unterdrückten ist es, sich bedingungslos zum Ausdruck zu bringen. Nur sie haben diese kreative Kraft, weil nur sie den Schmerz berühren.

Auch hier muss begriffen werden, dass die Infrastruktur die Ebene ist, auf der entschieden wird, welchen Einfluss das Fernsehen auf die Gesellschaft hat, nicht die einzelne Redaktion, oder die Frage, ob man mehr Beiträge über Emanzipationsthemen oder mehr über Umweltschutz senden sollte. Es ist der elementare Aufbau des Fernsehens, der die demokratische Gesellschaft, ja sogar die Volkswirtschaft nachhaltig schädigt. Ohne ein Gleichgewicht zu leben, zwischen Informationsvermittlung und Wissensbildung, zwischen Spaltung und Integration, entsteht eine scheinbar aufgeklärte Gesellschaft ohne Empathie für abweichende Handlungen, Geschehnisse, oder Denkweisen. Eine beziehungslose Antigemeinschaft, ohne kulturelle Identität, im ständigen Kampf um Aufmerksamkeit, gegenüber einer Reizüberflutung, die jeden tieferen Sinn abbaut. Es entsteht eine vollkommene Monotonie und Gleichschaltung, innerhalb derer zwar bunte Bilder gesendet werden, aber nur noch strukturelle Befehle empfangen. Die Fähigkeit, komplexe Zusammenhänge zu erkennen und zu verarbeiten, wird von Generation zu Generation geringer. Wobei hier die qualitative Intelligenz gemeint ist. Die Fähigkeit, mit Komplexität lebendig und selbstbestimmt zu arbeiten, sie sich zu erarbeiten. Eben nicht die reine Fähigkeit, auf möglichst viele Reize gleichzeitig reagieren zu können. Die Reaktionsgeschwindigkeit sagt nichts über die Entscheidungsfähigkeit aus. Junge Menschen können heute scheinbar schneller auf Veränderung reagieren, aber nicht intelligenter. Sie reagieren, aber sie entscheiden nicht. Das sind keine Entscheidungen in einem humanistischen Sinne. Keine Entscheidung, sich treu zu bleiben oder das eigene Leben für das Wohl der Welt weiter zu entwickeln. Es sind Kaufentscheidungen, Reflexe, Unruhezustände. Natürlich nicht alles. Ich versuche hier eine Tendenz zu beschreiben.

Diese Tendenz mag zwar zu einer scheinbar pflegeleichten Menschheit führen, aber was für ein Verbrechen ist es gegenüber der Schönheit und Vielfalt des Lebendigen, gegen die natürliche Schöpfung selbst? Gebt uns unsere Prozesse! Unsere Krisen! Es ist meine Krise, mein nicht Verstehen und meine Suche! Sie ist mein Geschenk an Dich!

Wir leben in Zeiten, in denen allgemeine Alternativlosigkeit und Ratlosigkeit herrscht. Immer mehr Konflikte wachsen zwischen Ländern, Religionen und Kulturen. Ist es nicht Zeit, einen der wesentlichen Wirkungshebel all dieser Probleme zu betrachten? Die Medien!

Da ihr Wahrheitsbegriff ein Konstrukt ist, eine Schutzbehauptung, um ihre Arbeit zu legitimieren, orientiert sich die MedienmacherIn stets am Naturwissenschaftlichen, also an der Technologie und deren Notwendigkeiten. Wäre der Wahrheitsbegriff der Medien an eine ethische Maxime oder Philosophie geknüpft, würden wir täglich darüber streiten, ob nicht wer anderer die Nachrichten verlesen sollte. Wir würden Nachrichtenredaktionen in Wahlen bestimmen. Intendanten müssten sich demokratischen Prozessen stellen.

Die Macht der fotografischen Technik hingegen diktiert die Kriterien der Wirklichkeit mit Begriffen wie »Schärfe«, »Zeit«, »Aktualität« oder »Professionalität«. Darin gibt es keine Relativierbarkeit. Ein Bild ist scharf oder unscharf, richtig oder falsch belichtet. Die Aktualität ist das, was jetzt passiert, unabhängig vom historischen oder kulturell bedingten Bezug.

Dort wo die Kamera auftaucht, hat sie Vorfahrt, wie die Polizei oder Feuerwehr. Die Pressefreiheit ist zuerst die Freiheit der Kamera, erst dann die Freiheit der Meinungsbildung.

Die Technologie verspricht Realismus und wer die Technologie in ihrem Sinne perfekt beherrscht, der dient auch dem Realistischen. Die JournalistIn hält darum sachliche und technische Kriterien ein, die immer darauf abzielen, die Information rein zu halten, ja in ihrer Reinheit zu entdecken.

Es wird so getan, als könne die Information vom Wissen unabhängig existieren und als sei diese reduzierte Nachricht in jedem Fall eine nützliche Form der Wahrheit, die nicht auch schädliche Auswirkungen hat. Weil sie eine Abspaltung, eine Reduktion ist. Man setzt die Fähigkeit des Betrachters, die Information selbstständig zu verarbeiten voraus, tut aber nichts, um diesen Prozess der Integration und Verarbeitung in irgendeiner Weise zu unterstützen. Ganz im Gegenteil. Es wird kein Raum gelassen, um die Information zu verarbeiten. Die Meinungsfreiheit, die in erster Linie die Freiheit ist, sich eine Meinung zu bilden - was Zeit und Raum benötigt - bleibt im

Medienbetrieb ein abstrakter Begriff, ohne praktische Relevanz für die Arbeit der Mediengestalter.

Die Meldung von einem Brand in einem Hochhaus in New York beispielsweise hat in New York als Kurzbotschaft eine bestimmte Berechtigung. In Berlin aber ist dies unter Umständen nur noch eine Botschaft, die Beziehung zum Berliner Alltag verweigert, irritiert und ablenkt. Sie besagt, dass ein Hochhaus in Amerika auf jeden Fall bedeutender ist, als ein Kindergarten in Berlin. Das Medium schafft diese Verknüpfung und negiert den Umstand, dass der Betrachter kaum eine Chance hat, diese Verbindung eigenständig zu verarbeiten, weil das Format dies nicht vorsieht. Die Information wird von oben herab versendet, ohne die Möglichkeit zu eröffnen, diese auch in Frage zu stellen, oder von Berlin aus individuell und anders zu gestalten. Das passiert zwar vielleicht, aber nicht weil das Medium bewusst etwas dazu beigetragen hätte. Eine eigenständige Verknüpfung zu erarbeiten, als Voraussetzung, damit eine Gesellschaft sich eigenständigen und vom Mainstream abweichenden Meinungen annähern kann, bleibt dem Einzelnen überlassen. Man lässt diesen damit allein. Zweck einer solchen Botschaft in Berlin ist es deshalb vielleicht, viel mehr eine Information als Reiz zu setzen, um zu dominieren und eben kein Angebot einer gegenseitigen Beziehung. Es suggeriert, Mitgefühl erzeugen zu wollen, baut aber in der Struktur Mitgefühl ab. Weil es echte, authentische Beziehung behindert.

Die Folge ist das überall zu beobachtende Geheuchel medialer Betroffenheitsberichterstattung, in der Hierarchien verfestigt werden und Verknüpfungen abgebaut. Man könnte sagen, umso mehr man Informationen überlappt, aneinander reiht, ohne dass diese die Kontrolle der Berichterstatter verlassen und wieder zu assoziativer und frei gestaltbarer Beziehung werden kann, umso weniger wissen wir. Umso weniger sind wir, ja leben wir unser ganzes Potenzial als Individuum und Menschheit.

Uns werden Machtstrukturen durch die Infrastruktur des Informationsaufbaus vermittelt, aber wir dürfen nicht an der Intelligenz der Welt teilhaben. Nicht selbst erfahren. Die einzelne Nachricht bedeutet nichts. Es ist die Art, wie sie uns vermittelt wird, die unser Leben dominiert und unsere Freiheit abbaut. Eben diese Macht der Vermittlung müssen wir uns von den Konzernen zurück holen. Um sie selbst zu gestalten. Egal, was es kostet. Die Medien sind eine Festung, die wir erobern müssen. Sonst ist unsere Zivilisation verloren.

Dies mag heute wie eine romantische Fortschrittskritik klingen, ist aber tatsächlich das genaue Gegenteil davon. Die traditionellen Medien stehen einem Fortschritt im Weg, in dem mündige Bürger die Technologie diktieren, die sie haben wollen und sich am bewussten Gesellschaftsdesign beteiligen. Die Zeit der oligarchischen Eliten, die aus dem Adel hervorging und Titel gegen Nadelstreifen tauschte, ist vielleicht vorbei. Mehr Kreativität, mehr Überraschung sollte gewagt werden, um wieder aus der wirschaftlichen und kulturellen Schwäche heraus zu kommen, die der Kapitalismus heute bedeutet. Diese ist nicht die stärkste, denkbare Wirtschaftsform, sondern die Schwächste. Sie ist zu einer Behinderung von Fortschritt geworden, nicht zu einem Mittel, um eine in sich vielfältige und breite Kultur und Gesellschaft zu entwickeln und erhalten. Wir brauchen dynamischere Weltbilder und mehr Integration, mehr Kreativität.

Medieninformation ist immer ein gewählter Ausschnitt, eine reduzierte Perspektive, wie das viereckige Fernsehformat in einer organischen, rundlichen Welt. Keine gute Grundlage, um komplexe Probleme zu lösen, oder gar vielfältige Menschen an neuen Lösungen zu beteiligen.

Information ist nicht Wissen, weil Wissen ein Prozess der Verarbeitung von Information ist. Was dafür notwendig ist, wird von den Fernsehmachern nicht beachtet, weil sie sich allein an den Bedürfnissen der Kamera, der Technologie der Informationsübertragung orientieren. Und dies geschieht, weil es um die Art der Vermittlung geht, nicht um die einzelne Information.

Die Frage lautet darum heute nicht mehr vorrangig, ob die Information richtig oder falsch ist, sondern wie sie verbreitet wird. Gelingt es, die Infrastruktur wieder unter die Regierung durch die Bevölkerung zu bringen, sie den Konzernen und den politischen Parteien zu entreißen, kann es zu einer Liberalisierung und Öffnung des Umganges mit Wissen und Information kommen. Die Infrastruktur muss im Auftrag der Bevölkerung erschaffen werden und entsprechend hinterfragt, ständig kontrolliert, diskutiert, erweitert und im transparent gelebten Dienst am Menschen verbessert werden. Wir können die Konflikte dieser Welt nicht bearbeiten, ohne unsere Kommunikationsmethode zu verändern, die uns immer weiter von einander abspaltet. Ohne andere Medien ist kein Frieden möglich.

Natürlich ist heute nicht alles im Fernsehen schlecht. Ich selbst habe viele Jahre als Kameramann, als Trickfilmproduzent, als Autor, als Journalist, als Pressefotograf, als Konzeptioner von Medienformaten gearbeitet. Überall entstehen auch spannende, unterhaltsame Beiträge und es gibt wirklich gute JournalistInnen. Immer mehr von uns fühlen aber heute, wie Zensur und Verhinderung zunimmt, wie die Medien sich immer weiter von dem entfernen, was Presse oder Kreativität eigentlich sein sollte.

Wir sind sensibilisiert. Noch vor 13 Jahren hielt ich einen Vortrag vor 1000 Art-Direktoren und Medienkreativen, in dem ich die Werbung als die Gesellschaft schädigend darstellte. Damals verließen viele aufgebracht den Saal. Heute stellt sich die Frage, ob Werbung in der jetzigen Form nicht komplett verboten werden muss. Sie verzerrt den Wettbewerb und reduziert den Markt auf die Marken einiger weniger Konzerne, die sich landesweite Spots leisten können. Dies hat Zentralisierung und Monopolisierung zur Folge, was letztlich die breite Volkswirtschaft schädigt. Ein Umstand, den genauer auszuführen, hier zu weit führen würde, worüber ich viel in »Working Economy« gesagt habe. Ich will damit ausdrücken, dass alles in den Medien auf dem Prüfstand steht und es keine Tabus in dieser Diskussion geben darf. Es wird schwer möglich sein, die Struktur des Fernsehens grundlegend zu ändern, wenn nicht auch die Werbung darin eine veränderte Rolle und Position einnimmt.

Das Organische Fernsehen ist ein Ansatz, indem die Wissensentwicklung die Informationsübertragung fundamental ergänzt. Es ist ein Fernsehen, welches nach dem Vorbild des Menschen entwickelt wird und nicht nach jenem der Technologie.

Die Schaffung eines neuen Fernsehens

Im organischen Fernsehen ist die Information von dem Anspruch der statischen, sachlichen, objektiven Wahrheit befreit und es wird der Frage nachgegangen, wie Information als geistiges Ökosystem, als lebendiges Wissen optimal und nachhaltig behandelt und gepflegt werden sollte, um dem Menschen in dessen Breite und Vielfalt gerecht zu werden. Ich kann und will hier nur einen Weg andeuten, eine veränderte Haltung. Diese soll sich subjektiv weiter entwickeln und auch von Ihnen verändert werden! Es passiert zwischen uns.

An dem Tag, an dem das organische Fernsehen begann, entstand erstmals wieder eine Beziehung zur Information. Sie wurde zu einem Angebot an die eigene, subjektive Weltsicht, ohne diese zu penetrieren, zu entwerten.

Ein Gefühl großer Erleichterung war im Land zu spüren. Ein Aufatmen. Endlich war man in Ordnung. Gesehen, wahrgenommen und hatte eine eigene Stimme.

»Ich darf mir also wirklich, tatsächlich eine eigene Betrachtung aneignen? Mir ein Bild machen und abweichend darüber denken? Sogar über den Terrorismus«, fragt die junge Journalistin in der Redaktion.

»Ja, Terrorismus kann vieles bedeuten. Es ist heute schwer, direkt darauf zu reagieren. Darum hat es kaum noch Macht über die Leute«, antwortet die ältere Kollegin.

Organisches Fernsehen will die Information als Lebensform betrachten, die Perspektiven benötigt, wie Nährstoffe, Polaritäten wie Vitamine, Integration wie Luft zum Atmen und Zyklen wie Herbst und Frühjahr. Weil all das erforderlich ist, damit der kollektive wie der individuelle Geist diese verarbeiten und zu lebendigem Wissen integrieren kann, statt nur unbewusst von den Medien programmiert zu werden.

Im Mittelpunkt steht die assoziativ, ja frei verknüpfte Information als Baustein von Wissensprozessen. Das Recht auf Information ist nun das Recht auf organische Information, statt auf eine behauptete Wahrheit, die den Betrachter entmündigt und von dessen Erweiterung ausschließt.

Die Meinungsfreiheit beruht nicht auf nackter Information, sondern auf der Möglichkeit, sich Wissen zu erarbeiten. Also auf dem Recht, Information selbstständig verarbeiten zu können. Dies darf nicht eine Behauptung sein, sondern muss Teil des Mediums werden. Es darf den Medienmachern nicht zur Ausrede werden, dass man ja nur die Information liefere und es in der Verantwortung des Betrachters liegt, daraus Meinungsfreiheit zu machen, wenn gleichzeitig die Information durch den Aufbau der Medien strukturell verkürzt und Wissensprozesse weitgehend ausgeschlossen sind. Es darf keine Abspaltung zwischen Information und Wissen geben, sondern beide müssen von Anfang an ineinander verwoben, miteinander in Kontext gesetzt und wie ein Ökosystem gepflegt werden. Im Sinne des Wissens und nicht im Sinne des Mediums.

Viele sehen sich nach einem echten Journalismus, nach Qualität und Unterhaltung, nach Intelligenz, Tiefe und Humor. Die Art, wie das Fernsehen heute Wissen, Information und Unterhaltung vermittelt, ist nicht zufällig entstanden und hat einen Hintergrund. Auch sind die negativen gesellschaftlichen und gesundheitlichen Auswirkungen des Fernsehens erforscht und bekannt. Darum bedeutet dieses Konzept, weil es eine qualitative Verbesserung des Fernsehens zur Folge hat, nicht zwangsläufig, dass diese Ideen keine Reibung, keinen Widerspruch bei jenen auslösen wird, die vom Status-quo profitieren. Etwas zu verbessern, ist heute selten eine Tätigkeit, bei der man offene Türen eintritt. Auch dieser Prozess muss moderiert, muss begleitet werden. Wo nötig, gilt es, Ängste und Tabus zu überwinden.

Seit 50 Jahren flackern unzusammenhängende Inhalte, zunehmend schneller geschnitten, immer öfter unterbrochen, in den Wohnzimmern, über Computer, Telefone oder andere Bildschirme. Lediglich die optische Qualität hat sich gesteigert, die Effekte und die Fähigkeit, die dreidimensionale Realität abzubilden, scheint kaum noch steigerbar. An der inneren Struktur des Fernsehens hat sich, wie gesagt, wenig verändert.

Es gab das eine oder andere neue Format. Dabei wurden gesellschaftliche Grenzen meist weiter abgebaut, neue Spaltungen geschaffen und weitere Formen der Demütigung, Demoralisierung und Verdummung erzeugt. Was an der Spaltung schaffenden Struktur des Fernsehens liegt. Das öffnet Tür und Tor für unbewusste Rituale des Machtmissbrauchs, der Vorurteile, der Denunziation von Randgruppen und der Entwertung von Menschen mit abweichenden Lebensmodellen. Das Medium baut demokratische Strukturen ab. Auch die zunehmend häufigeren Verknüpfungen mit dem Internet bedeuteten, wie erwartet, bisher keinerlei strukturelle Innovation, die dazu geführt hätte, dass der Umgang der Medien mit Wissen sich den natürlichen Bedürfnissen des menschlichen Organismus, ja des menschlichen Bewusstseins im konstruktiven Sinne angepasst hätte.

Wissen, Kultur, Intelligenz, Humor, sind keine Fabrikwaren, die man beliebig aneinander reihen und summieren kann, ohne sie elementar zu schwächen. Was ist beispielsweise durch das Fernsehen aus der Musik, in kultureller aber auch wirtschaftlicher Hinsicht, geworden? Sie wurde austauschbarer und Originalität, radikal neue Ansätze sind kaum noch umsetzbar. Man hat die Zuschauer auf eine Art erzogen, die es neuen Innovationen, ja allem, was zunächst irritiert, extrem schwer macht. Denn an dieser Stelle widerspricht das Wissen den Kriterien der Medieninformation, die stets einseitig klar, einseitig unterhaltsam, eine eindeutige Tendenz spiegeln soll. Darin gibt es keine Unsicherheit, die dem Zuschauer die Chance gäbe, selbst eigene erste Schritte hin zu eigenständigen Gedanken zu gehen, sondern überall sprechen »professionelle Präsentatoren« und jeder, der im Fernsehen zu Wort kommt, steht als fertiges Produkt im Raum, als abgeschlossene Information, die wie gesagt nicht mehr verändert, interpretiert und vereinnahmt werden kann. Die Information wird darum versachlicht und stereotypisiert. Gut oder Böse, selten etwas dazwischen, noch seltener eine unerwartete Wendung, die nicht im Angenehmen aufgelöst wird. Ich betone diese Dinge derart häufig, weil ich Ihnen vermitteln will, warum hier Probleme sind, damit Ihnen später das organische Fernsehen nicht absurd, sondern als konsequente Reaktion auf die Fehlentwicklungen des modernen Journalismus und der Mediengestaltung klar wird.

Wegen dem Zwang zur Reinheit der Information kann auch die Dramaturgie zur Fabrikware gemacht werden, die am Fließband produziert eindeutigen Strickmustern folgt. Hat man einmal kapiert, wie Film geht, wie großer Kinoerfolg funktioniert, ist man sich darüber klar geworden, brauchen diese Prinzipien nur noch kopiert werden. Bis Erfolg nur noch ein Zitat des letzten Erfolges ist und individuelle Erfahrung nur noch ein Trigger eines Reizes, der an Erfolg erinnert, während wir uns längst ausgehöhlt und unterfordert fühlen.

Medienunternehmen haben sich jahrzehntelang geradezu mit wissenschaftlicher Präzision der Effizienzsteigerung aller Prozesse verschrieben und die Budgets zunehmend gekürzt.

Das hat zwar die Gewinne für die Eigentümer der Sender kurzfristig gesteigert, aber langfristig die kreative Dynamik unserer Kultur zerstört, also die Grundlage unserer geistigen und kreativen Gestaltungskraft, sowie die Glaubwürdigkeit der Medien. Vieles besteht schlicht aus Formaten, die zuvor in den USA oder England liefen und in der Globalisierung günstiger zu haben sind. Was zu einer Angleichung aller Kulturen führt.

Doch wie ändert man das? Was kann ein neuer Weg sein? Es sind ganz einfache Prinzipien, die den Status-quo verändern würden. Die MedienmacherInnen zeigen heute keine Schwäche. Sie machen sich nicht angreifbar. Dadurch trainieren sie dem Zuschauer ab, kritische Fragen zu stellen, oder eine eigene Meinung zu entwickeln. Die Selbstkontrolle der Medien wird hier zur Behinderung der Meinungsfreiheit in der Gesellschaft. Darum dürfen die Medien, wie auch die Kunst, sich nicht den Kriterien der Wirtschaft unterwerfen, wie der immerzu positiven und perfekten Selbstdarstellung, sondern müssen lebendiger Kulturraum bleiben. Bereit, Fehler zu machen und eigenständige Positionen zu vertreten.

In der Praxis führt dieser Gedanke zu revolutionär anderen Vorstellungen davon, was guter Journalismus, gute Unterhaltung, gutes Fernsehen tatsächlich sein könnte.

Nämlich nicht mehr professionell im Sinne der Wirtschaftlichkeit und der schlanken Wahrheiten, sondern menschlich und ein Risiko eingehend.

»Wer zum Fernsehen will, muss verrückt sein«, werden Menschen vielleicht nach Einführung des organischen Fernsehens sagen: »Es hat was mit der Authentizität zu tun«, behaupten die Leute. »Wenn die im Fernsehen sich nicht mehr wie Freaks, Kinder und Idioten benehmen, geht es auch der Wirtschaft schlecht. Weil denen dann nichts mehr einfällt und das Leben monoton wird. Deutsch.«

Ein neues Verständnis von Informationsverarbeitung

Die Problemfragen bezüglich der Medien sind natürlich vielschichtig und das bisher gesagte sollte nur eine Einleitung sein, Frau Mohn, um zu illustrieren, weshalb dieser Versuch, die Struktur des Fernsehens im Sinne des Menschen umzubauen, wichtig erscheint, nein, ist! Mir geht es in den folgenden Seiten darum zu vermitteln, wie Wissen im menschlichen Geist entsteht, wie es sich weiterentwickelt, wie dieses integriert wird und wie diese Prozesse mit der Gesellschaft und der kulturellen Entwicklung verknüpft sind.

Ich will die Medien zu einem Impulsgeber, zu einer Plattform für geistige, kulturelle, politische und ökonomische Entwicklung machen, wie sie die Welt noch nicht gesehen hat.

Mir geht es darum, Medien zu gestalten, die auf die Bevölkerung motivierend und zugleich Bewusstsein erweiternd wirken, ohne diese Effekte durch Manipulation zu erzielen, sondern in ganz transparenten Prozessen. Indem die Bevölkerung sich schrittweise erarbeitet, wie der kreative Geist des Menschen wirkt und schafft. Das ist anmaßend formuliert. Ich spiele Größenwahn. Warum auch nicht? Es macht menschlich. Es verrät so vieles, was einem selbst nicht bewusst ist. Durch die Öffnung der Struktur und die Integration der Grundlagen, die jedes lebendige System braucht, um wachsen, florieren und sich erweitern zu können.

Mein Verfahren ist der bewusst subjektivierte Zugang. Wenn ich in meinen Fehlern lebe, meine Identität aus meinen scheinbaren Schwächen wächst, weil Abweichung zu Individualismus und Individualismus zu kulturell vielfältigen Gesellschaften mit hoher Lösungs- und Innovationskompetenz führt, muss ich damit aufhören, mich zu kontrollieren und muss ich mich im Job so verhalten, dass Sie mich raus werfen, um als Mensch und eben nicht mehr als von außen definierte Funktion in die Firmen zurückkehren zu können, um die Strukturen von innen aufzubrechen. Ich lasse meinen Gedanken und Emotionen als ProgrammmacherIn Freiraum. Es ist nicht entscheidend, ob ich richtig liege, sondern allein, ob ich etwas in Ihnen in Bewegung versetzen kann. Das ist ein anderer Stil. Ein Essay, der nichts beweisen will, sondern ausspricht, irritiert, verändert, um zu sehen was dadurch entsteht. Ich will dem Wissen selbst dienen. Auch wenn es bedeutet, dass ich dafür selbst zum Problem werden muss.

Das kann auch bedeuten, dass Sie aus meinen Irrtümern lernen. Ich bin nicht hier, um recht zu haben, sondern um lebendig zu sein. Ich will zulassen, dass etwas durch diesen Akt ans Licht kommt, was mir selbst noch verborgen ist. Es ist mir ein Anliegen das Gesagte auch vorzuleben, es zu durchleben, mit all den damit verbundenen Schmerzen, Irrtümern, Erfolgen und Durchbrüchen. Ich kann mich selbst in diesem Prozess opfern, auflösen, ein anderer werden. Das ist wichtig und die klassischen Medien mögen keine Meinung haben, aber sie besitzen ein Ego. Sie leben eine Identität, die sie selbst nicht zur Diskussion stellt, sich selbst nicht sehen kann. Der blinde Fleck des Mediums.

Es gibt eine kollektive Intelligenz, wie es eine gemeinsame Kultur gibt. Diese ist nicht ein Ablageplatz für geistige Bestandteile ohne jeden Zusammenhang, sondern ein Ort der Evolution einer Gesellschaft. Definierte ich diese Zusammenhänge jedoch zu statisch, beschränkte ich die Entwicklung. Wissen braucht auch »falsche« Information. Denken Sie neu! Erfahren Sie neu!

Entwicklung bedarf der Irrtümer. Wissen braucht Information, die wie ein lebendiges Wesen ist. Nicht kontrollierbar und dennoch gewissen Regeln des Lebendigen folgend. Das Wissen ist größer als ich, weil darin im Zweifel mehr Lebensmöglichkeiten Platz haben sollen, als es sich ein TV-Sender vorstellen kann. Die Information kann ich beherrschen. Das Wissen hingegen nicht. Ich kann damit nur spielen, dem Raum geben. Es ist unser Lebensraum. Vom Wissen einer Gesellschaft leitet sich alles andere ab. Die Struktur der Politik, der Wirtschaft, der Wissenschaft. Darum hat für mich das gelebte Wissen Priorität gegenüber der Information. Dieser Anspruch ist nicht weniger bedeutend, als die Ethik der klassischen Presse, wie Ausgewogenheit oder das Streben nach objektiver Wahrheit. Es ist eine Erweiterung, der Ausgleich eines zu einseitigen Umgangs mit Information. Was meine ich damit?

Radikale Anti-News. Ein verändertes Haltungsexperiment

»In der Ukraine ist Krieg. Hundert Flüchtlinge sind im Mittelmeer ertrunken. Die kalte Progression soll abgeschafft werden.«

Das ist die Priorität der Information. Um dem Wissen Priorität zu verleihen, muss die Information zunächst von ihrem Anspruch auf Wahrheit getrennt und lediglich als Impuls innerhalb eines Wissensraumes behandelt werden. Damit Sie verstehen können, was organisches Fernsehen bedeutet, spiele ich Ihnen jetzt Anti-News vor. Das Gegenteil dessen, was Sie gewohnt sind, als Strategie, um das Bewusstsein zu erweitern.

Wenn aus Information Wissen werden soll, muss diese sich einem Prozess unterwerfen. In diesem Prozess lernt die Information zu atmen, zu laufen, selbstständig zu denken, sich frei zu entwickeln. Das klingt zunächst, als ließe man somit jede Lüge zu. Vergessen Sie nicht! Das objektive Medium ist eine Illusion. Jetzt kommt Anti-News.

Die Wahrheit kann nur aus dem Moment heraus, aus dem direkten Kontext heraus begriffen oder angenommen werden. Das ist für die JournalistIn in diesem Versuch ganz neu.

Wenn Sie mir durch Ihre Sender sagen, Frau Mohn, dass in der Ukraine Krieg ist, kann ich das nur als die Erfahrung annehmen, als die ich sie in dem Moment erlebe. In der Form des Nachrichtensprechers, der mir dies nüchtern, und ohne breiten Kontext mitteilt. Vom Krieg in der Ukraine habe ich hier nichts begriffen. Ich wurde lediglich informiert.

Ich brauche darum die Erlaubnis, die eigene Wahrheit im unmittelbaren Moment höher zu bewerten, als jene, die der Nachrichtensprecher mir mitteilt. Ich brauche nicht nur eine Pressefreiheit, sondern auch eine Narrenfreiheit des Rezipienten. Ich nenne sie Rezipientenfreiheit. Alles andere bedeutet, ich muss die Wahrheit des Nachrichtensprechers annehmen, obwohl von vornherein klar ist, dass diese der Wahrheit nicht entsprechen kann. Darum liegt es in der Pflicht des Senders, alles zu tun, damit der Nachrichtensprecher nicht den Eindruck erweckt, tatsächlich die Wahrheit zu verkünden.

Die Professionalisierung muss sich zum Rezipienten verlagern. Damit die Entscheidung, die Hoheit über die Information und deren Verarbeitung allein beim Betrachter liegt. Sofort kommt hier der Reflex des Journalisten, dass es dann ja nur noch subjektive Perspektiven gäbe. Ja. Es gibt nur subjektive Perspektiven, weil Weltbilder Lebensräume sind und das Medium bestenfalls einen Dialog zwischen den Perspektiven zeigen kann, niemals aber eine Entscheidung zu treffen hat, welche Perspektive die Richtige ist, es sei denn, das Medium erklärt sich selbst zur Subjektivität, gibt sich nicht als Experte, sondern als Zweifler, als Fragende.

Wenn im Sinne Marshall´s das Medium die Botschaft ist, dann darf das Medium sich niemals dessen selbst sicher sein.

Es muss die Position des Kindes einnehmen und nicht jene des Erwachsenen. Erst wenn es das tut, fühlen sich die Menschen befähigt, die Information selbst zu verarbeiten. Natürlich gibt es auch ein Dazwischen, Grautöne, Übergänge usw. Aber dies soll ein Beispiel sein, um etwas zu erklären.

Um dies zu fördern, ist es notwendig, dass die Medienmacher die Information auf eine Weise aufbereiten, die dem Wissensprozess dienlich ist, also das Gehirn, die Emotionen, die Perspektiven auf eine Weise stimuliert, die nicht Neutralität, oder Ausgewogenheit von zwei Perspektiven anstrebt, sondern

Dynamik maximale Lebendigkeit einer Information. Somit kann sie von möglichst vielen Menschen auf eine ganz eigenständige Weise aufgenommen werden. Was dann zwischen den Leuten im Austausch als Realitätsraum gestaltet wird, entspricht wesentlich mehr dem, was uns als Wirklichkeit nah ist, womit wir etwas konkret anfangen, was wir mitgestalten können. Es gibt dann keine abstrakte Information vom anderen Ende der Welt, die hier zur identischen Antworten führt, sondern regional bildet die Menschheit auf dasselbe Problem komplett andere Antworten, was der für eine freie Gesellschaft bessere Zustand ist. Globale Probleme werden geringer und Macht wird gebrochen. Lebensgestaltung wird für mehr Menschen unmittelbar zugänglich. Das Aufbrechen der Weltbilder und Wirklichkeiten in subjektive Räume, führt zu einer lebendigeren Wirtschaft, einer stärkeren Kultur und festen, solidarischen Beziehungsstrukturen. Menschen müssen sich einander wieder annähern. Das organische Fernsehen ist also ein Schritt zur Belebung der Gesellschaft.

Natürlich ist das am Anfang ein Krampf. Eine Übertreibung. Es geht mir um den natürlichen Flow. Folgen Sie dem, was stimmig ist! Mal hat man einfach Autorität. Eine natürliche Autorität. Aber eben nicht jeden Tag und das fünf Tage die Woche, in einem Büro, einer Redaktion mit den immerzu selben Gesichtern und hunderten Zusammenhängen, die verborgen bleiben, die ich nicht erwähnen kann, darf und will.

Wie aber sieht diese neuartige Behandlung der Information konkreter aus?

Mein Geist muss die Polaritäten der Information in die Extreme denken, um abwägen zu können. Um den Flow zu finden. Der Wissensprozess braucht also Polaritäten.

Klassischer Journalismus nimmt stets die zwei naheliegenden Pole und versucht diese ausgewogen darzustellen. Damit wissen wir aber nur über einen beschränkten Bereich des Themas bescheid. Nämlich über den Machtkampf zwischen zwei Sichtweisen. Unsere Wahrnehmung wird im klassischen Journalismus also geframed und reduziert, auf den Machtbereich von zwei Parteien, was diese durch erhöhte Aufmerksamkeit fördert. Im Hintergrund wird dadurch wieder Verhalten und

Akzeptanz für die Beschränkung auf diese zwei Pole manipuliert. Im Sinne des Wissens braucht es deutlich mehr Polarität. Die Frage, ob die linke oder die rechte Seite den Krieg angefangen hat, sagt nichts über den Krieg aus. Ist es überhaupt Krieg genug, um ein Krieg zu sein? Wo sind die extremen Ecken des Themas? Darf in Europa überhaupt über einen Krieg berichtet werden, wenn hier niemand mehr versteht, was Krieg überhaupt ist? Müssten wir nicht andere Worte finden, um den Schmerz überhaupt vermitteln zu können? Wem nützt es, darüber zu berichten? Wo in der Ukraine ist jetzt Frieden? Wo überall wird in diesem Moment nicht gekämpft? Was bedeutet das? Wie sieht das aus? Dass ich den Flow erwähne, ist ganz zentral, denn ich meine mit dem organischen Fernsehen keineswegs einen willkürlichen Raum kreativen Irrsinns. Sondern die Befreiung der Information, von den Ketten des klassischen Journalismus, um näher an das Stimmige ran zu kommen. An den stimmigen Moment. In jedem Thema verdichtet sich ein Momentum. Dinge passieren, Perspektiven kommen hinzu. Es passiert nicht alles gleichzeitig. Die ganze Welt. Es gibt etwas, wie natürliche Relevanz. Eine Relevanz, die nicht manipuliert wird. Diese ist ohne den persönlichen, individuellen Zugang des Betrachters jedoch nicht auffindbar. Das klingt jetzt wie ein Widerspruch, weil ich doch gerade geschrieben habe, dass es keine objektive Botschaft gibt. Das stimmt. Aber das, was als Realität passiert, geschieht auch nicht willkürlich. Es geht um die Annäherung innerhalb eines dynamischen Bezugssystems. Das Unbewusste wie das Bewusste sollten in einem Gleichgewicht stehen. Dafür braucht es dieses kreative Moment. Die Möglichkeit, dass im organischen Fernsehen etwas zum Ausdruck kommt, was vom rationalen Gehirn sonst ausgeblendet werden würde. Oder was durch die Entfernung des Subjektiven aus der Dynamik der Wahrnehmung unerkannt bleibt. Das Bewusste wie das Unbewusste müssen gleichermaßen in den Vordergrund gelangen können. Dadurch wird lebendiges Wissen generiert.

Es ist eine Kunst, das Momentum aufrecht zu erhalten, also nicht zu schnell feste Strukturen anzustreben, um davon beispielsweise einen Status abzuleiten. Belohnt werden in unserer

Welt meist nur jene, die etwas Fertiges, etwas Statisches geschafft und durchgesetzt haben, aber nicht jene, die lange genug unsicher waren, damit sich eine komplexere, neue Ordnung herausbilden konnte. Die immer in einem Dreiecksverhältnis steht zwischen dem Individuum, der Gesellschaft, der Welt, oder zwischen Sender, Zuschauer und Ort des Geschehens. Im organischen Fernsehen wird zu der Seriosität des klassischen Journalismus ein instabiles Teilchen hinzugefügt, welches die ganze Sache erst lebendig macht. Eben dieses Handwerk will ich hier erläutern.

Indem die Pole weiter ins Extrem getrieben werden, entstehen Assoziationen, die das Gehirn anregen. Es kommt zu Ungleichgewichten, zu einer Unausgewogenheit. Diese ist im organischen Fernsehen essenziell, denn sie bedeutet, dass die Zuschauer selbst zu denken beginnen und mit ihren eigenen Vorstellungen die Welt mitgestalten. Es ist das erste Ziel des organischen Fernsehens, den Zuschauer zu verunsichern.

Gibt es die Ukraine überhaupt? Wer sagt das? Im Sinne des Wissens muss die Information auch in Bereiche entfaltet werden, die man im Interesse der medialen Informationsregeln nie betreten würde.

Man hält heute die traditionelle Vorgehensweise für richtig, nennt es seriös, aber dadurch werden Verknüpfungen reduziert und Wissen geht verloren. Das Wesen des Wissens ist die Breite. Die Information, dass in der Ukraine Krieg ist, kann dazu führen, die Frage zu stellen, was diese Information in Berlin oder Wien oder London bedeutet und was es dort mit einem macht. Wie verändert es den Umgang mit der eigenen Politik? Manches mag hier abwegig erscheinen, was daran liegt, dass uns antrainiert ist, die Realität als etwas Reduziertes, etwas beweisbar Einschränkbares zu begreifen. Und nicht als dynamisches Bezugssystem, in dem wir als komplexe Wesen existieren. Für den menschlichen Geist jedoch, ist außerordentlich wichtig, dass das Wissen sich frei entfalten kann, weil es eine Lebensform ist. Ein Ökosystem, welches dazu dient, möglichst vielen und möglichst unterschiedlichen Menschen Lebens- und Entwicklungsraum zu geben.

Klassische Medien roden den Wald, in dem wir leben. Für die einen wird das Sozialsystem von Faulen und von Migranten geplündert. Für die anderen gibt es nur das hohe Ideal der Menschenrechte, welches aber nicht mehr finanzierbar scheint. Das Leid dazwischen hat keine Sprache. Auch keine Dynamik, um zu einer neuen Antwort gelangen zu können. Ebenso wenig gehört werden die vielen Alternativen, die es zu den zwei Hauptpolen des Themas gäbe. Weil die Medien die Information zunehmend isolieren, um sie verbreiten zu können, schaffen sie selbst Dogmen und Einschränkungen, die sich fortpflanzen, bis nur noch über Vorurteile diskutiert wird. Diese findet man in politischen Talkshows, wo die bestehenden Sichtweisen gegeneinander inszeniert werden, ohne sich aber je weiter zu entwickeln oder zu erweitern. Daran sterben Menschen - Frau Mohn. Wissen Sie das nicht?

Es hat einen tieferen Grund, warum die Welt nicht auf den Punkt reduziert werden kann. Denn dies bedeutet die in den Abweichungen von der praktischen Norm lebenden Menschen und geistigen Konzepte, Emotionen, kollektiver und individueller Natur zu verletzen und zu entwerten. Das ist eine der Grundlagen sozialer Verwerfungen und Kriege. Weil sich, was in den Medien an Verhaltensmustern dargestellt wird, in die Verhaltensmuster von Familien, ArbeiterInnen oder PolitikerInnen überträgt. Die ständige Herabsetzung der einen Information gegenüber der anderen, um Status zu generieren.

Was glauben Sie, was den Schmerz von Israelis und Palästinensern von Generation zu Generation aufrecht erhält? Oder die Vorurteile von Amerikanern und Russen? Es ist nicht die richtige oder falsche Aussage, die Ungerechtigkeit und soziale Kälte, wie Innovationsunfähigkeit in der Welt vermehrt, sondern die Vorstellung, es gäbe richtig oder falsch über den Moment hinaus. Es ist die Infrastruktur, das System, welches uns aufgezwungen wird, welches die Probleme erzeugt. Und dieses erstreckt sich weit über das Fernsehen hinaus.

Darum ist es aus meiner subjektiven Sicht notwendig, eine Methodik zu integrieren, in der die Information wieder im Sinne des Wissens und nicht im Sinne der Technologie und der industriellen Funktion vermittelt und bearbeitet wird. Es braucht also das Prinzip der freien Beziehungsgestaltung, der Kultur, der eigenständigen Verknüpfung.

Kultur und Wissenschaft müssen strukturell wieder gemeinsam in Dialog treten. Das Prinzip objektiver Wahrheit muss ein dynamisches Gleichgewicht mit subjektivem, kreativem Impuls finden. JournalistInnen und KünstlerInnen, WissenschaftlerInnen und PsychologInnen, engagierte BürgerInnen und Menschen aller Denk- und Lebensrichtungen könnten sich daran beteiligen. Vom Profifernsehen zum Bürgerfernsehen. Das aber ist ein langer Weg, der bereits in den Schulen beginnen muss. Bis letztlich die Frage gestellt werden kann, welche Kommunikationstechnologie die Menschen wirklich wollen. Da entstehen Fragen, die nie gestellt wurden.

Aber auch für diesen offenen Prozess braucht es eine zugrunde liegende Struktur. Eine Ordnung. Und die entsteht im organischen Fernsehen über die Orientierung an der Entstehung von Wissen, als Mechanik der Natur. Sie ist nicht reduziert auf die Frage der effizienten Vernetzung von Information, sondern will gelebte Beziehung. Das ist eine komplett andere Zielsetzung. Ein gewaltiger Unterschied. Blicken Sie mit mir in eine mögliche Zukunft!

Bei der Pressekonferenz am Samstag in Berlin. Plakate zum organischen Fernsehen sind schon gedruckt. Es herrscht Aufregung. Wir sind jetzt fünf, die dafür Geld bekommen haben, es zu versuchen.

Journalistin: »Warum dieses neue Fernsehdingens denn an Prinzipien der Natur ausgerichtet ist? Das würde mich mal total interessieren.«

Ich räuspere: »Das hat mit den Organen zu tun. Mit der Funktionsweise. Wie die Natur Dinge aufbaut. Lebensformen. Es ist eine Vermutung. Ich kann es nicht wissen, bevor ich es nicht tue.«

Journalist: »Was denn für Lebensformen? Sind Sie denn hier ein Zoo, oder was?«

»Nee. Zoo sind wir nicht. Wir sind das organische Fernsehen. Wir machen die Dinge nicht nach einem professionellen Prinzip, sondern wie sie uns gerade kommen.«

»Ist das lustig, oder wie?«

»Keine Ahnung. Wir probieren einfach mal. Oder wissen Sie etwa schon, was das organische Fernsehen ist?«

»Aber Sie haben es doch erfunden.«

»Gefunden. Zwischen den Zeilen. Es ist mir passiert. Es ist, was es ist. Sicher nicht der schlechteste Anfang. Was würde Sie denn interessieren?«

»Wie soll das professionell, also konkret umgesetzt werden.«

»Wir sind doch schon da. Hier jetzt, meine ich.«

»Aber es passiert nichts.«

»Wir machen jetzt gerade Fernsehen. Ich für meinen Teil bin noch etwas müde, weil ich sonst nicht so früh aufstehe und darum bin ich gerade etwas langsamer. Die Kathrin hingegen ist ein ganz anderer Mensch.«

Kathrin: »Es wurden gerade vier Karikaturisten in Paris ermordet. Darum fühlen wir uns wie Satiriker, die schlecht drauf sind. Ist doch ehrlich, oder nicht.«

»Ist das nicht pietätlos?«

»Ist mir grad rausgerutscht. Passt doch. Sagt doch was aus. Darf ich denn nicht komisch sein. Warum darf ich darüber keine Witze machen? Was ist eigentlich hier los? Das ist doch organisches Fernsehen. Dass sich hier keiner mehr traut, komisch zu sein.«

Nachdenklichkeit. Es folgen Tage der Irritation. Langsam entstehen neue Formate. Es ist schwer, die Information von der Kontrolle zu befreien, sie sich entwickeln zu lassen, durch einen selbst hindurch. Weil man dabei selbst sichtbar wird. Die Kritiker meiner Haltung werden mir vorwerfen, dass ich zur journalistischen Todsünde der Spekulation aufrufe, dass ich die Tradition des Journalismus in Frage stelle. Dies stimmt nur im Paradigma eines traditionellen Wahrheitsbegriffs. Also der Annahme von Autoritäten und Eliten, sie könnten durch festgelegte Methodik die Wahrheit für andere, also in Arbeitsteilung, in der Welt besorgen und in die Wohnzimmer liefern. Ohne diese Wahrheit in irgendeiner Weise zu verzerren, denn sie sind ja Profis. Profis der Informationsübertragung, aber eben nicht Profis des Wissens, denn dafür müssten sie sich auf offene Prozesse einlassen, ja unsicher bleiben, was in direktem Widerspruch des inneren Zwangs zum selbstsicheren Vortrag, zur perfekten Vermittlung von Information steht. Sie müssten den Umstand akzeptieren und integrieren, dass sie in jedem Fall die Information verzerren. Sie könnten subjektive Menschen werden, was auch immer das ist.

Nur die NärrIn kann die Wahrheit ungehemmt aussprechen und niemals wird eine NärrIn die Nachrichten verlesen dürfen.

Die neuen Eigenschaften der Information

Aufregung. Ein wesentlicher Baustein im organischen Fernsehen ist die Eigenschaft einer Information.

Es geht um Qualitäten, Kräfte und Dynamiken. Um Perspektiven und Dimensionen. Das Fernsehen wird zur Plattform für das kollektive, kreative Gehirn der Menschheit.

»Ach, sie meinen also gar nicht Fernsehen?«

»Doch, es ist nie wieder etwas nur Fernsehen. Die Verantwortung für das Ganze bleibt. Ich gehe nicht zur Arbeit, arbeite nicht für Unternehmen, sondern an Unternehmen. Ich bringe die ganze Welt, meine ganze Welt mit und am Abend ist es ein anderes Unternehmen, als noch am Morgen.«

»Wer soll das bezahlen?«

»Andere, die an Unternehmen arbeiten und wiederum an anderen Projekten arbeiten. Wenn jeder für jeden arbeitet, arbeitet niemand mehr für niemanden, sondern nur noch für sich selbst und gleichzeitig für die ganze Welt. Es gibt nur noch für sich selbst und gleichzeitig für die ganze Welt, oder für das Unternehmen und dann nur noch für das Unternehmen, während das Unternehmen für die Welt nichts mehr leistet, außer Werte zurückzuhalten, deren Verteilung zu regulieren und das Medium zu benutzen, um Werte zu schaffen, die andere Werte abwerten. Die Wirtschaft zerfällt und der breite Wohlstand entsteht. Die Firmen lösen sich im authentischen Menschen auf und mit ihnen auch die Armut, die sie erzeugten.

In der Welt des organischen Fernsehens löst sich sogar das Fernsehen selbst auf. Es wird zu einem Werkzeug der Kultur.«

Ein Medium, welches nicht nur eine neutrale Projektion darstellt, die es nicht gibt, sondern mit einem Bein in der Haltung des Beobachters steht, mit dem anderen jedoch bewusst mit erschafft und diesen lebendigen Prozess transparent hält. Die JournalistInnen dieses neuen Mediums mischen sich in die Welt ein. Sie verlassen die Neutralität und tauschen diese gegen eine Ausgewogenheit, die vom Zulassen und Fördern maximaler Vielfalt geprägt ist. Der Ausgleich der Kräfte passiert nicht mehr durch Kontrolle des dialektischen Konfliktes zwischen den Perspektiven, sondern durch Bearbeitung der Information im Sinne maximaler Breite an möglichen Betrachtungen. Ein komplett anderes Paradigma, eine ganz andere Grundlage, die nicht nur die Arbeitsteilung zwischen Medien, Politik, Kultur und Wissenschaft komplett verändert, weil diese integriert werden, statt gespalten zu bleiben, sondern Gestaltungskräfte in der Gesellschaft freisetzt, von denen wir bisher keine Ahnung hatten, dass sie mobilisierbar sind. Sicherlich gibt es große Ängste davor.

Entscheidend ist es, eine Gemeinschaft auf Individualismus zu bauen und eben nicht den Verführungen des Kollektivistischen zu verfallen, die sich in der Vergangenheit sofort einstellten, als große emotionale Eruptionen Gesellschaften bewegten, die dann von Manipulatoren für eigene Zwecke benutzt werden konnten. Es ist ein langer Weg und natürlich kann heute niemand mehr sicher behaupten, ein freies Individuum zu sein. Was das bedeutet, erfordert Bewusstsein, welches man sich erarbeiten muss.

Wie gesagt, erwarte ich nicht, dass jemand dieses Konzept umsetzt. Es ist aber ein wichtiger Beitrag, als die Stimme eines Einzelnen, die in Zeiten großer Ängstlichkeit, das Scheitern riskiert, um etwas Großes zu versuchen. Meine Absicht ist es, dass Sie dasselbe tun. Dass auch Sie die Gesellschaft umbauen. Wie es für Sie stimmig ist. Was dazwischen passiert, ist das wofür sich zu leben lohnt. Das organische Fernsehen ist bestimmt von dem bewussten und verantwortungsvollen Umgang mit der Tatsache, dass wir die Welt nicht nur subjektiv umbauen, sondern auch subjektiv umbauen sollen und verzerren und der Wissensraum in dem wir leben davon geprägt ist, wie umfangreich wir den Prozess der Annäherung, des Zusammenspiels der unterschiedlichen Sichtweisen frei leben können, ohne von Dogmen behindert und in ständigen Stellungskämpfen verwickelt zu werden. In den heutigen Medien ist die Information wie ein Kind, dessen Elternteile der Ansicht sind, es sei allein ihr Kind und der Vater oder die Mutter müsse besiegt werden, damit das Kind eine Existenzberechtigung hat. Die Eigenschaften einer Information sind wie die Eigenschaften der Eltern, der Kräfte, die am Ursprung der Information wirkten.   Soll das Kind wachsen, sich entwickeln, müssen weitere Einflüsse hinzu kommen. Soll das Kind sich in die Gesellschaft integrieren, muss es mit den Traditionen, Werten und Glaubensvorstellungen vertraut gemacht werden und zugleich frei bleiben und eigene Entscheidungen fällen dürfen. Umso vielfältiger die Einflüsse, umso größere Formen der Komplexität können abgebildet werden, weil diese langsam eingeführt wird.

Die schnelle Aneinanderreihung von Informationen ist eine Form überfordernder Komplexität, aber Komplexität an sich ist keine Überforderung, sondern die Grundlage intelligenten Lebens. Es kommt darauf an, wie das Gleichgewicht zwischen Integration und Abspaltung von etwas Neuem, von einer eigenen Identität eingespielt ist. Das gilt für jede Zelle in einem Körper, wie für das Entstehen neuer Arten oder die Denkweise von Menschen. Krebs ist beispielsweise, man könnte es vielleicht auf diese Weise sehen, die Folge von zu viel Spaltung, zu viel Wucherung von Information, die nicht mehr integriert werden kann. Eine Zivilisationskrankheit, die sich auch im Denken spiegelt, ja in allen Ebenen der Gesellschaft. Die multikulturelle Gesellschaft muss nach meiner Ansicht genauso einen Weg finden, Integration und Spaltung als dynamischen und lebendigen Prozess zu leben, wie auch die Medien dies sollten. Wir sind alle am Gesamtzusammenspiel beteiligt. Es ist eine gesamtgesellschaftliche Aufgabe, die Menschheit in den Prozess von der Abspaltung von Umwelt, Fremdartigem, Neuem, Altem hin zur Integration zu begleiten, dabei aber, und das ist entscheidend und wird stets vergessen, die Integration nicht über die Spaltung zu stellen, das Kollektiv nicht über das Individuum. Heute wird Integration ohne neue Vision des Großen und Ganzen betrieben, was Verletzung und Konflikt bedeutet. Weil sich die, welche sich integrieren sollen, wie auch jene, an die sich die Aufgabe des Aufnehmens stellt, an die sich jene anpassen sollen, von beiden Seiten als Verlust, als Spaltung empfunden wird. Was Widerstand erzeugt. Das ist Gleichsetzung von oben herab und eben nicht Integration.

Diese ist, das denke ich zumindest, ein Prozess hin zu komplexerer, freierer, größerer Ordnung. Durch die alle über sich hinaus wachsen können. Die große Vision muss aber ein Teil davon sein und zwar nicht durch Institutionen formuliert, sondern aus der Zivilgesellschaft heraus. Das braucht Zeit und Freiraum und eben auch Medien, die in der Lage sind, einen solchen Prozess hilfreich zu begleiten und davon vielfältig zu berichten, eben ein Teil dessen zu werden. Integration ist nicht das Diktat der größeren Gruppe über die Kleinere, sondern die Verschmelzung abgespaltener Ordnungen zu einer komplexeren, neueren Ordnung, durch die alle Einzelteile sich selbstbestimmt und zugleich solidarisch weiter entwickeln. Alle modernen Probleme mit der Integration resultieren aus dem Umstand, dass die Individuen keine eigenständigen Visionen des neuen Gemeinsamen formulieren dürfen. Sie werden weder in einem solchen Vorgehen unterstützt, geschult, ausgebildet, noch kommen ihre Sorgen und Schmerzen in den Medien vor, ohne diese zu vereinfachen, zu reduzieren, zu abstrahieren.

Im organischen Fernsehen wird integriert, durch den Aufbau von kreativer Beziehung zum Geschehen, um einen herum. Beziehung ist wie gesagt, etwas anderes, als die nackte Nachricht. Es ist auch mehr als Recherche. Es ist ein Teil davon werden, sich darin ein Stück weit verändern.

Es zählt zu den Mechanismen des Kapitalismus, dass jene, die Produkte herstellen und auch die Medien ein Produkt sind, sich im Prozess der Produktion selbst nicht mehr weiter entwickeln, weil alle Abläufe identisch und stabil bleiben sollen. Produkt werden ist nichts anderes, als der Rückbau der

Beziehung, hin zur abgekapselten Behauptung. Aus Dialog wird Handel, wird Zurückhalten von Wert, von dem, was für Lebensvorgänge erforderlich ist, um eine gewünschte Handlung zu erzwingen und dadurch den eigenen Status zu erhöhen. Ein ewiger Kreislauf der Spaltung beginnt. Offene Entwicklung hingegen kostet stets Energie, also Geld, was den Gewinn für die Eigentümer der Sender und Fabriken schmälern würde. Darum ist es nicht erwünscht, dass der Arbeiter sich und das Produkt individuell während der Arbeit weiter entwickelt, oder verändert. Sich darin ergänzt, integriert. Es kommt zur Monotonie der modernen Erwerbsarbeit, der modernen Produktion. Dadurch fehlt es der Gesellschaft und der Volkswirtschaft an Reibungsenergie und an ausreichend Instabilität, um Bewegung zu generieren, als Grundlage von Evolution. Die Industrie profitiert davon, weil dadurch die Wertschöpfung zentralisiert, die Entwicklungsrichtung einer Gesellschaft kontrolliert werden. Im organischen Fernsehen geht es um das genaue Gegenteil. Um die Frage, wie man die freien Gestaltungskräfte einer Gesellschaft anregt. Dafür ist es notwendig, tiefer zu verstehen, wie die Natur gestaltet. Etwas, womit ich mich deshalb seit über 15 Jahren befasse.

Ich will jene Mechanik des Lebendigen nicht beweisen, sondern einen Weg finden, mich dem anzunähern. Kreativität ist nicht Willkür. Ein Narr zu sein, ist ein Handwerk, welches aus einem tieferen Verstehen natürlicher Ordnungsmuster gewachsen ist. Das Unkonkrete ist eine Notwendigkeit. Es soll auch für das Platz sein, was ich noch nicht verstehen kann. Wann aber bemüht sich das Fernsehen, Unschärfe zu senden, aus Achtung gegenüber der Natur? Wann schalten alle Maschinen sich ab, um einmal am Tag die absolute Stille zu hören, das Rauschen aller Dinge?

Alles, was in Natur oder Universum eine Form annimmt, sich heraus differenziert, unterliegt ähnlichen formbildenden Prinzipien. Dazu zählt Polarität. Starke und schwache Energie, wodurch Ungleichgewichte entstehen. Resonanz, Bewegung, Geometrie. All diese Eigenschaften oder Ausformungen lassen sich als Spaltungen von sich selbst erschaffen. Feuer ist eine polare Abspaltung von Wasser. Ein Gegensatz. Stein ein Gegenpol zu

Luft, Materie zu Antimaterie. Manches fließt ineinander. Dieser Flow ist nichts anderes als der Ausgleich zwischen zwei Zuständen, in einem in sich geschlossenen System, aus dem Energie nicht entweichen kann, sondern sich stets nur verwandelt, indem es sich heraus differenziert, um dann wieder im Ganzen zu zerfallen. Diesen sehr komplexen Vorgang beschrieb ich umfangreich in »Gesellschaft ohne Vertrauen« und in dem Buch »Intima«, weshalb ich diese Dinge hier nur andeuten will.

Das Fließen, das Gasförmige steht in einer Dynamik zu Schwingungsprozessen oder Formen fester Materiebildung. Man könnte sagen, dass das, woraus die Welt gebaut ist, immer wieder durch Abtrennung, Gegensätzlichkeit, viel oder wenig Energie, Bewegung, Ausgleich von Anziehung, Abstoßung usw. entsteht. Dabei entstehen selbstähnliche Formen. Die Welt ist sich selbst immer wieder ähnlich, was die Form des Ganzen stabilisiert und zugleich darf darum im System nichts von Dauer sein, oder exakt definiert, weil es sonst keine Bewegung, keine Veränderung gäbe. Die Annäherung, die Assoziation ist der Mörtel, mit dem gebaut wird. Verstehen Sie, dass ich Ihnen gerade versuche, den kreativen Geist zu vermitteln, damit wir dem entsprechend das Fernsehen, das Medium umbauen können? Verstehen Sie, wie großartig dieser Versuch ist? Die Frage ist nicht, wie wird die Wahrheit optimal übertragen, sondern wie wird mit dem Medium die Lebendigkeit gefördert, die Kultur, die tatsächliche Grundlage von starker Wirtschaft und Innovationsfähigkeit. Die Fähigkeit, nah an der Realität zu sein und sich die Berührung nicht durch einen verlängerten, elektronischen Arm selbst abzutrennen.

Egal, ob es sich um materielle oder geistige oder emotionale Prozesse handelt. Alle Prozesse der Natur sind in sich ähnlichen Prinzipien unterworfen. Subjektivität und Objektivität. Innen und Außen. Die Reise ins Innere des Menschen, hin zu den tiefsten Motiven und unbewussten Emotionen und dann wieder zurück in die Welt hinaus, wo diese Kraft schließlich in Umsetzungen ausläuft, um dann wieder das Innere von Menschen in Bewegung zu versetzen. Der ewige Kreislauf. Du spaltest Dich ab und integrierst Dich wieder. Zur Information, dass es mir beispielsweise gut geht, gehört ein Gedanke, ein Satz, eine Emotion, ein körperlicher Zustand.

Jede Übersetzung in eine andere Lebensform, einen anderen Aspekt ist der Wechsel in eine andere Perspektive oder Dimension. Sie alle verhalten sich in einem dynamischen Bezugssystem zueinander. Das Ergebnis sind komplexe Lebensformen. Auch die Information muss sich diesem Prozess stellen.

Die großen Medienkonzerne jedoch versuchen die Information gegen das Leben zu konservieren, zu konstruieren und zu verwalten, sie zurückzuhalten, um davon Einfluss abzuleiten. Alles im Aufbau von Fernsehanstalten ist darauf ausgelegt, dass die Journalisten neutral bleiben, die Information also nicht persönlich berühren, von ihr berührt werden, aber gleichzeitig soll das Wissen sein. Wissen ohne eigene Erfahrung. Natürlich bin ich hier nicht immer fair gegenüber denen, die alles versuchen, um einen guten Journalismus, gutes Programm, gutes Fernsehen zu machen. Auch ich kämpfe mit der Suche nach einem neuen Weg und den vielen Hindernissen der Praxis. Das organische Fernsehen ist nicht mit einem Masterplan umsetzbar. Es ist eine Handlung, die Bewusstsein über Zusammenhänge voraussetzt und wäre dieses Bewusstsein bereits ausreichend vorhanden, wären wir vielleicht schon dort.

Es bestünde die Erlaubnis mit der Information kreativ zu arbeiten, KünstlerIn und JournalistIn, WissenschaftlerIn und PolitikerIn gleichzeitig zu sein. Das Zusammenspiel zu leben.

Warum ist es derart wichtig, die Dimensionen und Ebenen zu wechseln, um sich eine Information zu erschließen? Bleibe ich in der Mainstreambetrachtung, sehe ich nicht das Leben selbst, sondern die Landkarte des Ortes, ohne den Ort je zu betreten. Das Gehirn ist bei zu vielen Menschen, wegen unserer auf Rationalität begründeten Erziehung, kaum noch in der Lage, richtig Kontakt aufzunehmen. Wir leben in Programmen. Wir sehen ein Land mit dem Namen Amerika, und sehen was Hollywood seit Jahrzehnten dazu produziert. Es ist nicht einfach, sich davon zu befreien.

Wissen braucht Emotion und Emotion ist Information, ganz konkret. Sie ist jetzt. Sie wartet nicht. Sie passt sich nicht an. Sie kann nur unterdrückt werden oder man selbst hört auf, zu fühlen, hört auf, von der Welt berührt zu werden. Diese emotionale Bindung ist für den Menschen lebenswichtig. Sie ist wie Liebe, ja vielleicht ist sie sogar die Liebe. Die Sicherheit, im Augenblick mit dabei zu sein, gesehen, pulsierend, wahrgenommen, ausgesprochen. Ohne etwas emotional zu berühren, weiß der Mensch nichts Wesentliches über die Welt und verliert die Fähigkeit, in ihr in der ganzen Breite zu existieren. Die Emotion, das konkrete Unmittelbare, muss immer Vorrang haben gegenüber der Funktionalität des Mediums. Die Technologie muss sich dem Menschen anpassen, wollen wir nicht auf unsere Technologie reduziert werden. Das Wie ist die Entscheidungsfreiheit des Einzelnen. Liebe ist Information. Liebe ist Beziehung, ist Verstehen.

Wenn ich eine feste Vorstellung einer Situation habe, versuche ich sie zunächst mit Gerüchen zu beschreiben, oder auf Farben zu reduzieren. Welche Farbe hat dieses Land?

Welche Farbe hat das, was da passiert, von dem ich noch keine Ahnung habe. Dann skizziere ich Formen, Linien. Was ist da für eine Form? Welche Temperatur hat sie? Was für eine Bedeutung ist damit verbunden? Im Remote Viewing wird dieser Ansatz viel verwendet, um den rationalen Verstand, der sofort alles definieren will, davon abzuhalten, die sinnliche Wahrnehmung zu blockieren. Jeder künstlerische Prozess verläuft auf ähnliche Weise. Etwas wird offen gelassen. Man lässt sich darin fallen, zerfällt selbst, erfährt etwas und kehrt damit ins Bewusste zurück - drückt es aus. Im Umgang mit der Information im Fernsehen ist es wichtig, dieses Handwerk zu integrieren und nicht nur über etwas zu berichten, von dem man glaubt, es vor sich zu sehen, sondern auch das zu transportieren, von dem man vielleicht selbst noch überhaupt nicht gemerkt hat, dass man es gerade zum Ausdruck bringt.

Das ist die hohe Kunst der Vermittlung und Bereitstellung von Wissen. Die Auflösung der Grenzen zwischen Pressearbeit, Kunst und Wissenschaft, ja sogar bis hin zu dem, was man

Intuition nennen würde. Das ist durchaus im Sinne der Effizienz, im Sinne des Realismus.

Durch Polarisierung werden Grenzen ausgelotet. Wurzeln der Tradition schaffen Identifikation und Vertrauen, was wiederum die Grundlage von Öffnung und Respekt ist. Sie können heute jede beliebige Zeitung aufschlagen und finden stets eine in dieser Hinsicht einseitige Prägung. Zu wenige JournalistInnen stellen sich die Frage, welche Eigenschaften eine Information haben muss, um zu Wissen zu werden, oder das Wissen der Menschheit zu erweitern. Für die einen ist Tagesaktualität und Relevanz bedeutend. Ist das erfüllt, erhält die Information ein Alleinstellungsmerkmal, wird isoliert und herausgehoben. Sie erhält eine Tendenz. In dieser Tendenz bleibt sie weitgehend statisch, weil die Schnelligkeit der Verbreitung davon bestimmt ist, wie festgelegt, wie bewiesen die Information ist, damit andere Journalisten diese nur noch kopiert weitergeben müssen. Die Meinungen verändern sich darum in der Medienlandschaft kaum. Es gibt eine klare Auslegungsrichtung, vielleicht zwei, um die politischen Flügel links und rechts abzudecken und das war's dann. Der Leser muss das schlucken und wer einmal in der Presse negativ dargestellt wurde, hat kaum noch eine Chance jemals wieder das verfestigte Bild zu ändern.

Indem aber der Fokus dieses neuen Journalismus darin besteht, die Dichte an Wissen zu erhöhen, richtet sich alles auf die Ergänzung von Eigenschaften und Dimensionen eines Inhaltes, bis dieses zu einem Entwicklungsprozess, zu einem echten Bewegungsimpuls wird, aus dem auch gesellschaftliche Veränderung resultiert. Dabei ist der Inhalt relevant, der einem unmittelbar begegnet. Zu dem man einen Bezug aufbauen kann.

Von dort aus entwickelt sie sich weiter. Im klassischen Journalismus passiert das nicht, weil man zwar informiert, aber eine weitere Entwicklung der Information verhindert, weil die Interpretationsbandbreite scheinbar eingeschränkt werden muss, damit die Zeitung oder das Medium seriös und professionell rüber kommt.

Im organischen Fernsehen werden die Börsennachrichten vielleicht nur noch von Historikern verlesen und kommentiert.

Es sind ältere Damen und Herren mit Hornbrillen, die zwischen Geschichtsbüchern sitzend die Historie einzelner Firmen erforschen. Man fährt zu Gründern, deren Großvätern und erforscht die Historie des Mobiltelefons, schließlich sogar die Geschichte der Krise selbst. Auch das Thema Armut wird umfangreich in geschichtlichem Kontext diskutiert und in einen Zusammenhang mit aktuellen Schwankungen der Kurse gebracht. Seit Historiker das Parkett erläutern, wächst die Wirtschaft wieder.

»Zum ersten Mal in 100 Jahren begegnet ein Anleger einer Arbeiterin. In diesem Moment, die Kameras zeigen es ganz deutlich, geht der 80 Jährige Rudolf von Hohenstein auf die 55 Jährige Brigitte Maasen zu. Er ist sichtlich tief berührt. Eine Angst umgibt die Situation. Es ist wie das Zusammentreffen von Benjamin Franklin, Thomas Jefferson und George Washington, im Rahmen der Unabhängigkeitserklärung. Würde die Börse nur jeden Tag die Geschichte zelebrieren, wären wir mit unseren Wurzeln verbunden und es wäre egal, wenn alles zerbricht, denn was könnten wir schon verlieren?«

Die Frage, was Eigenschaften oder Attribute einer Information sind, ist ebenfalls einem ständigen Prozess unterworfen. Wie in den verschiedenen Kunstrichtungen findet jede Zeit ihre eigenen dominanten Eigenschaften und Gestaltungsformen von Information. Nirgendwo mehr nackte, unbefleckte News.

Ich gebe dieser Information zunächst die Eigenschaften von Feuer, Wasser, Erde und Luft. Es klingt komisch, etwas derart Bodenständiges mit dem filigranen, elektronischen Medium zu verbinden. Gerade darum, weil es ein Bruch ist, nützt es dem Wissen, weil das abweichende Erfahrungen erzeugt. Wie anders wäre unsere Welt, hätten die Medien in den Tagen nach dem 11. September 2001 die Information in die Breite weiter entwickelt? Wäre Amerika dann in Afghanistan einmarschiert?

Gäbe es den international agierenden Terrorismus? Würden wir es Terrorismus nennen? Gäbe es diese gigantische Verunsicherung oder hätte man aus diesem grauenhaften Impuls etwas entwickelt, was zu einer kreativeren, menschlicheren Gesellschaft geführt hätte? Ich weiß es nicht.

Niemand kann das heute sagen, aber der Verdacht besteht, wir hätten mit diesen Informationen vielleicht anders umgehen sollen.

Das folgende Bild zeigt, wie Wissen durch formgebende Eigenschaften in Resonanz gerät und sich assoziativ erweitert, neue Verknüpfungen schafft. Dabei spielen auch Zeitrhythmen eine große Rolle. In welchen Zyklen muss eine Information beispielsweise wiederholt werden, um verarbeitet werden zu können. Wie viel Zeit braucht der Mensch, um sich eine Meinung bilden zu können? Weicht in der Wiederholung die Information stets ein wenig von ihrer vorherigen Präsentation ab, kann das Gehirn diese besser integrieren und verarbeiten.

Aus der leichten Irritation wird Energie gewonnen, weil Reibung der Entwicklung die Power gibt. Starke Motivationen werden dadurch im Individuum angeregt.

Ich benutze die Grundelemente nicht zufällig als erste Eigenschaften der Information. Wir sind durch unsere Evolution von diesen natürlichen Grundprinzipien geprägt. Es sind archaische Kräfte, die sich in der Kultur spiegeln, aber auch in der Physik. Alles entwickelt sich zwischen Polen, transformiert sich durch Feuer, Konflikte oder fließt ineinander wie Wasser. Durch das natürliche Ungleichgewicht der Kräfte bleibt das Wissen lebendig. Wobei ich das Wissen als den gelebten, geistigen Lebensraum definiere. Ohne Wind, ohne Chaos in den Gedanken, ohne die milde Integration durch die fließenden Übergänge, ohne die dicken Wurzeln unserer Kultur, entstünde keine lebendige Entwicklung. Es gäbe kein Wissen, keine breites Sein, sondern alles wäre nur von Feuer, nur von Wasser oder nur von Tradition bestimmt.

Wie aber ist demnach die Eigenschaft der Information, dass in der Ukraine Krieg ist? Ist sie Feuer, Wasser, Erde oder Luft? Das ist nicht das, was ich meine. Die Frage lautet, ob die Aussage, dass in der Ukraine Krieg herrscht, einen Weg findet, mehr zu sein als eine Information, die in der Gesellschaft die Eigenschaft des Feuers verstärkt. Dafür muss die Information sich den Elementen stellen. Ist sie bereits ausreichend übertrieben und zugespitzt worden, um sicher zu sein, ausreichend prägnant, also

ORGANISCHES FERNSEHEN
Lebendige Information

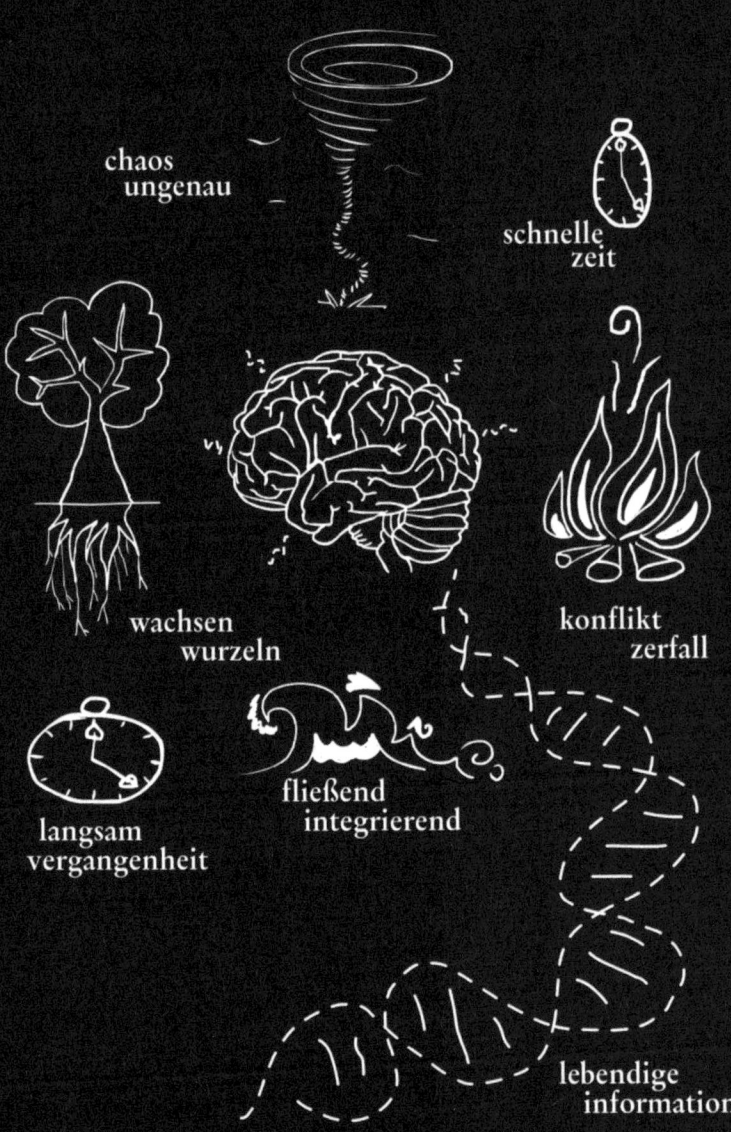

chaos
ungenau

schnelle
zeit

wachsen
wurzeln

konflikt
zerfall

langsam
vergangenheit

fließend
integrierend

lebendige
information

mit ausreichend Feuer dargestellt worden? Kann die Information fließend mit anderen Informationen erweitert werden? Was macht das mit der Information, dass in der Ukraine Krieg herrscht, wenn diese Frage schwammiger formuliert und Schärfe raus genommen wird? (Element Luft). Ist die Wirklichkeit vor Ort ausreichend mit anderen Aspekten verknüpft worden, um den Begriff des Krieges auch mal zu relativieren und somit den Blick für andere Informationen zu öffnen, die jetzt gerade passieren, aber von zu viel Feuer, zu viel Polarität verdeckt wurden? Was ist die Geschichte, der Hintergrund unserer Wahrnehmung von Krieg? Ist uns diese bewusst, als Bewohner der Länder, die für die Kolonien verantwortlich waren und sind?

Letztlich ist jeder Mensch eine eigene Dimension und wenn jeder die Geschichte eigenständig erzählen würde, wie es vielleicht früher die alten Geschichtenerzähler taten, würde diese sich verändern. Ein Mann, der sich gerade von seiner Frau getrennt hat, würde den Krieg aus der Sicht einsamer Männer beschreiben. Ein Bäcker wäre vielleicht daran interessiert, den Geschmack des Brotes im ukrainischen Krieg zu beschreiben. Ein Feuerwehrmann würde berichten, wie viele Leben er gerettet hat. Wir würden das Wissen der ganzen Welt erfahren und wären zugleich dieses Wissen. Was ist verächtlich daran?

Würde das unsere Zivilisation zerstören? Wäre es wirklich ein Verlust, ginge uns die vereinheitlichte, für alle sofort verständliche Realität ein Stück weit verloren? Wem dient diese überhaupt? Was ist Realität? Berührung, Unmittelbarkeit, Abstraktion oder Bürokratie?

Was ich hier versuche, ist nicht einfach, weil wir verlernt haben, frei zu assoziieren. Die Information soll rein bleiben. In der Schule lernt man das Richtige anzukreuzen. Warum kann etwas Wesentliches nicht einfach wesentlich sein, weil es inhaltlich Wesentliches bewirken kann? Es geht nicht darum, es genauso umzusetzen, wie ich es beschreibe. Ich will nur ein verändertes Gefühl, eine veränderte Beziehung simulieren, herstellen, provozieren. Wie kann ein Medium aussehen, welches sich mehr dem menschlichen Organismus anpasst? Ist auch in diesem eine Gefahr? Etwas was ich noch nicht sehe?

Der amerikanische Präsidentenberater Don Beck hat mal zu mir gesagt, dass jede Lösung ein neues Problem erzeugt.

In dem, was dazwischen passiert, liegt aber die Welt, in der Menschen wieder atmen können, ja vielleicht zu tatsächlicher Authentizität finden.

Das Ideal des organischen Fernsehens ist dann erreicht, wenn jede Information sich selbst in allen Extremen und allen Positionen, integrierend und abspaltend, von links nach rechts, schwammig und klar, offen und pointiert, radikal und versöhnend erleben und zum Ausdruck bringen durfte. Die Aufgabe der Fernseh- und Medienmacher ist es, die Information als Lebensform im Wissen, als Ökosystem zur Geburt zu verhelfen. Die Frage lautet nicht, welche Positionen sind da, sondern welche Positionen können ergänzt werden.

Mir ist klar, wie kontrovers dieser Ansatz ist. Mir geht es um das, was zwischen Ihnen und diesen Gedanken passiert. Wenn Sie das hier Geschriebene verarbeiten, sich dem öffnen. Was machen Sie dann morgen anders? Wer sind Sie dann? Aber ist es nicht auch die Aufgabe der Presse und der Medien zu bewerten, einzuordnen, zu kategorisieren, also zu spalten, um Klarheit im chaotischen Weltgeschehen zu vermitteln? Ja, aber eben nicht nur. Und was ist die Ursache des scheinbaren Chaos? Der Mangel an Verknüpfungen oder das Zuviel davon? Wo besteht hier der qualitative Unterschied?

Wie viel interessanter wären politische Talkshows, in denen man am Ende einen tatsächlich neuen Einblick in ein Thema erlangt, weil es darum geht, weil Moderatoren das Handwerk dazu gelernt haben. Etwas, was heute die wenigsten beherrschen. Das erfordert vom Moderator sehr viel kreative Intelligenz und innere Flexibilität. Dafür muss man vielleicht ein Leben voller Krisen, voller Vielfalt, voller Abwechslung gelebt haben. Man darf keine Angst haben, was die Anderen wohl über einen denken könnten. Es käme zu Überraschungen, aus dem Umstand heraus, dass der Sendungsablauf nicht nur von dialektischem Streit bestimmt ist, sondern von der bewussten Suche nach neuen Eigenschaften des Themas. Eine Talkshow sieht dann vielleicht mehr aus wie ein Workshop. Und das über einen längeren Zeitraum hinweg.

Vielleicht sogar dieselbe Talkshow jedes Jahr, über viele Jahre, bis ein neuer Kern, ein Durchbruch erreicht wird. Was für ein Signal wäre das in die Gesellschaft hinein? Wie würde das die Art verändern, wie Menschen auch im Alltag miteinander umgehen? Wie viel intelligenter und wissender wäre unsere Welt, würde ich in jeder Begegnung versuchen, neues Wissen zu leben?

Die gesamtgesellschaftliche TV-Serie

Es gibt im modernen Fernsehen einen Bereich, der bereits heute Entwicklungsprozesse angemessener abbildet. Die TV-Serie. Über viele Jahre und Staffeln hinweg entwickeln sich Charaktere und Handlungen. Die Zuschauer können mit den Figuren eine Entwicklung durchleben. Daraus resultiert der starke Sog, den diese Serien bei vielen auslösen. Das Organische Fernsehen ist in gewisser Weise auch der Versuch, das Prinzip der Serie auf das Fernsehen und auf die Gesellschaft zu übertragen. Indem die Sender sich darin zyklisch, durch jahrelange Entwicklungsprozesse hindurch immer wieder um ähnliche Themen drehen, sich auf die Vergangenheit beziehen, in die Zukunft erweitern und den Zuschauer auf eine Reise mitnehmen, Inhalte verdichten und spiralförmig erweitern, während die Information zwischen Sender und Zivilgesellschaft pulsiert. Somit wird das Medium zum Träger eines geradezu mythologischen Schöpfungsprozesses, an dem wir alle bewusst beteiligt sind. Statt mit unzusammenhängender Information bombardiert zu werden, können wir in Resonanz mit dem neuen Fernsehen die Gesellschaft grundlegend umbauen, erweitern und entwickeln. Intelligent, kritisch, impulsiv und unterhaltsam. Dafür aber ist es notwendig, die Medien auf eine Weise umzubauen, damit sie ein Abbild unseres Gehirns werden, unseres kollektiven Geistes. Das sind sie auch heute, aber eben nicht bewusst, was bedeutet, dass niemand dafür Verantwortung übernimmt. Für die Auswirkungen und Wechselwirkungen, die Fernsehen auf das Gesamtsystem Gesellschaft hat.

Zyklische Wiederkehr
Themenverlauf

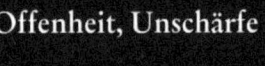 Offenheit, Unschärfe

 Fließen, verbinden und integrieren

Polarität, Konflikt und Spaltung

Wachstum und Wurzeln

Zyklische Wiederkehr

 Kurze oder lange Zyklen der Themen

Die Bildung neuer Informationscluster

Klassisches Fernsehen gestaltet Programme, die linear ablaufen, aber es bildet kaum thematische Gruppen oder Cluster. Von Themenabenden abgesehen. Wobei ein Themenabend nur die einfachste Form dessen ist, was ich mir unter Clusterfernsehen vorstelle, statt reiner Programmgestaltung. Cluster sind im organischen Fernsehen sich spontan bildende Kontextualisierungen, die entstehen, um der Information neue Eigenschaften zu geben. Dazu muss die Produktionsweise von Medienformaten erweitert werden, was durch Produktionstechnologie, die zunehmend unkomplizierter erscheint, leichter machbar ist, als zu Zeiten, in denen man für alles einen Ü-Wagen brauchte und die Rekorder noch von den Kameras getrennt, als schwere Boxen umher geschleppt werden mussten. Heute kann ich mit jedem Handy in wenigen Minuten einen Beitrag produzieren, ein Interview filmen oder einen Spielfilm drehen. Natürlich nicht »Herr der Ringe« und im Clusterfernsehen geht es auch nicht darum, den anspruchsvollen Film abzuschaffen, sondern schlicht mehr Flexibilität ins Fernsehen zu bringen, damit die ganze Konzentration der Förderung des Wissens dient und wir uns möglichst nicht reduzieren oder zurücknehmen müssen.

Es ist 20.00 Uhr. Die Kameraleute schrauben noch am Licht. Im Loop laufen die Hintergrundgrafiken ab. Der Countdown. 5,4,3,2,1 und ab!

»Es ist 20.00 Uhr. Willkommen bei der Tagesschau. Mein Name ist Rudolf Hausner. Bayreuth. Die Festspiele wurden dieses Jahr abgesagt, um eine unbekannte Komponistin und Bekannte Wagners, Hiltrud Wegenkittl zu präsentieren. Eine Komponistin, die Jahrhunderte vergessen wurde, weil sie eine Frau war. Ukraine. Heute ist,... Ach, Frank, gib' mir doch bitte mal eine beliebige Telefonnummer aus der Ukraine. Ich will da mal anrufen und fragen, was wirklich los ist.«

Eine Frau reicht Hausner ihr Handy. Er googelt eine beliebige Nummer. Es läutet.

ORGANISCHES FERNSEHEN
Struktureller Aufbau von Themenfeldern

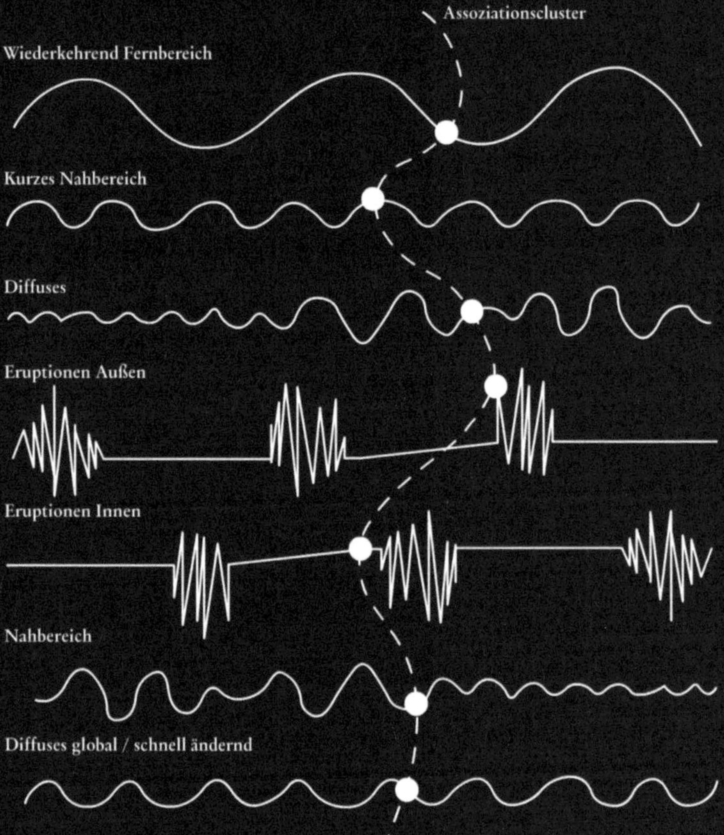

Assoziationscluster

Wiederkehrend Fernbereich

Kurzes Nahbereich

Diffuses

Eruptionen Außen

Eruptionen Innen

Nahbereich

Diffuses global / schnell ändernd

Organischer Aufbau der Information
Dynamische Assoziationscluster

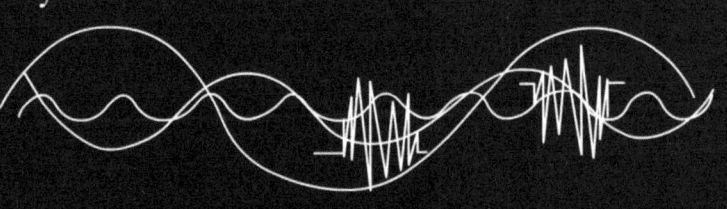

»Guten Tag, mein Name ist Rudolf Hausner vom ZDF. Können Sie mich verstehen? Spricht hier jemand Ukrainisch, oder Deutsch?«

Verwirrung.

»Er sagt, er holt seinen Nachbarn. Wir warten einen Moment. Können wir das direkt rauf schalten? OK.«

»Alloo! Wer da spricht?«

»Hausner, ZDF. Sie sind auf Sendung.«

»Abe ich gewonnen?«

»Nein, nein. Sie wurden beliebig angerufen. Ganz spontan. Wir wollen wissen, wie der Krieg ist. Bei Ihnen.«

»Abe ich Auto gewonnen. Deutsche Auto?«

»Nein, kein deutsches Auto. Wie ist der Krieg.«

»Hier ist kein Krieg. Hier bin nur ich und Olaf. Wir spielen Schach.«

»Schach. Wer gewinnt?«

»Hier ist kein Krieg.«

»Im Schachspiel. Ich meine im Schachspiel.«

»Olaf gewinnt immer.«

»Was ist Olaf für ein Mensch? Erzählen sie uns doch bitte!«

»Das dauert zu lange«, sagt eine Stimme aus dem Off.

»Wir haben Zeit. Ich nehme mir jetzt einfach die Zeit. Wenn die Zuschauer wissen wollen, was noch auf der Welt passiert ist, können sie ja im Internet nachsehen. Ich will jetzt wissen, was Olaf zu erzählen hat, wer Olaf ist.«

»Olaf ist ziemlich ruhiger Mensch. 1966 haben wir uns an der Uni in Belgrad kennengelernt. Ich bin Lehrer geworden und Olaf Spitzensportler. Er hat bei Olympiade 1972 glaube ich, oder Olaf, es war doch 1972, als Du über die Stange gesprungen bist. Höher als je ein Ukrainer zuvor. Der Olaf hat es jetzt mit dem Rücken. Aber das damals war eine Stimmung. Nette Russen. Viele nette Russen und Jugoslawen und Rumänen hat er kennengelernt bei Olympiade und einen Amerikaner. Heute ist andere Stimmung. Stimmung schlecht. Nix gut für Leute...«

Eine Woche Später. Der Cousin von Olaf ist dran, zusammen mit der Mutter seiner Schwägerin, die in der Nähe der Kämpfe lebt. Noch immer wurde über nichts Anderes berichtet, als über das Leben der Familie Branzlow in der Ukraine und wie das so ist, wenn man Mutter ist, oder Schach spielt, während draußen Krieg ist, die Läden aber noch offen haben, weil man ja auch Beschäftigung braucht und die Menschen noch immer alltägliche Bedürfnisse haben. Vom CDU-Parteitag kein Wort. Auch die Neujahrsansprache des Bundespräsidenten wurde nicht mehr übertragen. Nur bei diesem anderen Sender, der komische Dinge sammelt und versucht, über den Humor zu begreifen, was eigentlich die Weltformel ist.

»Aber die Leute haben doch ein Recht auf Information«, brüllt zwischendurch ein alkoholisierter Redakteur in die Kamera. Dann wurde eine Woche darüber diskutiert, in der Ukraine, im Wohnzimmer von Olaf, was mit dem Deutschen los ist. Dies mag für manche lächerlich erscheinen, weil man sich fragt, was das mit dem Wesentlichen zu tun hat und mit dem Recht auf Information, darauf über das Wichtige informiert zu werden. Was aber soll das Wichtige sein? Wer legt das fest? Und obwohl man hier das Gefühl haben kann, dass dieses »dem Flow folgen« nirgends hinführt, zeigt sich bereits hier, wie die Information durch das Hinzugewinnen neuer Eigenschaften zu mehr und mehr Wissen wächst. Manche Zuschauer kennen sich jetzt in der Ukraine besser aus, wollen da in Urlaub hin fahren.

Im nächsten Schritt wird zyklisch wiederholt. Das bedeutet, dass Olaf oder seine Schwester nächsten Donnerstag eine neue Person mitbringen. Dann vielleicht der Dorflehrer oder ein anderer Mensch ganz wo anders. Was hier passiert ist, der Aufbau von Beziehung. Die Information, dass in der Ukraine Krieg herrscht, kann vom Zuschauer authentischer verarbeitet und integriert werden. Information wird organischer erlebt. Die ganze Gesellschaft wird plötzlich solidarisch und sozial. Es gibt weniger Burnout.

Wie nur kann das Fernsehen eine Beziehung mit der Bevölkerung leben? Damit wir auch Teil unserer eigenen Kultur werden können?

Dabei meine ich nicht, dass jede Nachrichtensendung im organischen Fernsehen daraus besteht, willkürlich Menschen anzurufen, sondern es die Nachrichtensendung nicht mehr gibt, nur noch den Flow, dem die Medienmacher folgen, während sie sich um Themen drehen, die draußen in der Welt oder bei ihnen ganz persönlich etwas bewegen oder berühren. Ich bin der Ansicht, dass jedes Thema in der Welt, befasst man sich nur lange genug damit, schließlich in alle anderen Themen mündet. Gehe ich einer Sache auf den Grund, stoße ich auf den Ursprung vieler anderer Dinge. Die Bedeutung, die eine Information hat, leitet sich also mehr davon ab, wie ich diese verarbeite, also davon, wie ich sie im Vorfeld entsprechend künstlicher Kriterien der Relevanz bewerte. Das ist ganz zentral. Was ich hier versuche, bedeutet nicht, dass das Fernsehen willkürliche Themen versendet, je nach persönlicher Neigung der jeweils dort arbeitenden Medienmacher. Sondern die Priorität wird schlicht auf die Suche nach dem relevanten Wissen verlegt, welches in allem steckt. Das Individuum bringt zwangsläufig immer das hervor, was in der jeweiligen Zeit wichtig ist. Dafür sorgt schon das Unbewusste in den Leuten. Es kommt an die Oberfläche. Aber manchmal weiß der Verstand einfach nicht, wie das passieren soll und darum ist die Orientierung an der organischen Dynamik zentral. Weniger Kontrolle der Information. Mehr passieren lassen und durch jedes Thema gehen, vertiefen, verdichten, bis man darin auf die Welt stößt, auf unsere Welt, auf jene, die gerade jetzt existiert und konkret ist.

Wenn Putin nur böse ist, gibt es keine Hoffnung mehr, keine Grundlage für Gespräche.

Manipulative Machtzentren der Informationshoheit können sich hingegen im organischen Fernsehen nicht derart stark herausbilden. Abweichende Meinung passiert automatisch. Um dies umsetzbar zu machen, muss das Personal des Senders entsprechend destabilisierend aufgebaut sein. Also viele Künstler, viele Frauen, viele Ausländer, viele Mütter, viele Arbeitslose, viele Unternehmer, Gescheiterte, Clowns usw.

Menschen, die nicht einer Meinung sind und nicht aus dem selben Lebenskontext kommen. Wenn ich heute die Redaktion des Spiegel betrete oder die Studios des ZDF, sehe ich zu oft Menschen der ähnlichen Schicht, der ähnlichen Perspektive auf die Welt.

Das Schaffen von Informationsclustern ist das spielerische Assoziieren und neu Zusammenbauen des Wissensstandes der Bevölkerung.

ARD: »In Dresden demonstrieren diese Woche wieder 15.000 Menschen im Rahmen der PEGIDA-Bewegung gegen Ausländer und Islamisierung. London: David Cameron will sich 2016 dem Volksentscheid über den möglichen Austritt Englands aus der EU stellen.«

Es genügt nicht, diese Dinge so stehen zu lassen. Davon das Recht abzuleiten, Aufmerksamkeit zu erfahren und als Sender Steuergelder zu erhalten. Dafür kann man mehr erwarten. Staatsfernsehen, welches sich in die Themen reinkniet und bis zur Wurzel vordringt, verbindet und größere Zusammenhänge erkennt. Das gilt auch für die Privaten, Frau Mohn!

Man kann diese zwei Informationen, dass in Deutschland Tausende gegen Ausländer demonstrieren und England sich von der europäischen Gemeinschaft absondern will, nicht unkommentiert stehen lassen und nicht sichtbar machen, dass diese in einem Zusammenhang stehen. Dass da etwas ist, eine Entwicklung, die wir noch nicht begreifen, die aber heikel, ja gefährlich für unsere Gesellschaft werden kann. Philosophen in die Redaktionen! Soziologen vor die Kameras! Bloß keine Experten!

Bleibt die Spaltung einfach stehen, setzt sich diese in der Gesellschaft fort. Sie überträgt sich. Sie wird gesendet und empfangen, wiederholt und unhinterfragt inhaliert. Ich will damit sagen, dass alles in den Medien in Beziehung, in Bezug gesetzt werden sollte, damit auch alles in Bezug wahrgenommen werden kann und sich somit durch die veränderte Haltung, veränderte Struktur des Fernsehens Verbindungen ergeben, die wir heute zu wenig sehen. Dass im Mittelmeer gerade 400 Flüchtlinge in Seenot geraten sind, darf nicht unkommentiert neben den PEGIDA-Aufmarsch gestellt werden und auch noch von Werbung unterbrochen, wollen wir als Kultur jemals wieder zu aktiven Mitgestaltern dieser Welt werden.

Ja, mir ist schon klar, dass das Mittelmeer nicht in Paris ist und Dresden nicht im nahen Osten liegt, man scheinbar nicht alles miteinander verknüpfen kann. Warum eigentlich nicht? Was passiert, wenn Dresden und Jerusalem in einen Bezug gebracht werden, wenn vier Tote Karrikaturisten in Paris und 400 ertrunkene Flüchtlinge einen neuen Zusammenhang eröffnen über den Zustand dieser Gesellschaft?

Verschwörungstheorie ist oft nur der Versuch der Erweiterung der Welt, in eine Utopie hinein, um die scheinbare Alternativlosigkeit, die brutale Logik einer Nato, das Diktat der Wirtschaft, die Fabrikhaftigkeit und Identitätslosigkeit des modernen Lebens zu erklären und überwinden. Das Ergebnis mag, bleibt es isoliert, fraglich sein, weil es eine statische Perspektive ist, aber die Absicht liegt tiefer. Wir brauchen mehr Verschwörungstheorien, mehr Theorien, die die Welt anders sehen. Die Medien sollten sie selbst erfinden. Jeden Tag, neu und möglichst großartig und verrückt. Das dient der Demokratie. Das dient dem intelligenten Geist.

Im organischen Fernsehen wird das Thema aufgegriffen und solange daran gearbeitet, bis es als breites Spektrum an Perspektiven wahrgenommen wird und sich somit menschenfeindlicher Extremismus, ja jedes Extrem, sich in Vielfalt und offenen Prozessen auflöst. Dann brauchen wir nicht mehr die Redaktion, die auf Ausgewogenheit achtet und dabei nicht merkt, wie parteiisch sie agiert. Weil der Zwang zur Ausgewogenheit in den Medien immer die Stärkung der etablierten Position ist. Die Meinung, welche neu oder nicht etabliert ist, braucht immer mehr Einführung, mehr Förderung, mehr sich kümmern, als das was eh alle wissen, oder zu wissen glauben. Überlässt man das Neue und das Alte einem neutralen Raum, gewinnt für die Massen immer die etablierte Position. Sie hat zwar dann im Medium scheinbar keinen Vorteil, aber in der Gesellschaft, in der öffentlichen Meinung einen erheblichen Vorsprung. Darum ist es wichtig, jede Position in sich aufzulösen, zu bearbeiten und wieder an den Punkt zu führen, von dem man die Dinge wie ein Kind und ein Erwachsener zugleich betrachten kann.

Keine Nachricht im organischen Fernsehen wird isoliert stehen gelassen, sondern die Journalisten suchen selbst nach

Lösungen, setzen sich mit Politikern und Demonstranten zusammen und gehen durch Prozesse der Weiterentwicklung, der Kritik, der Auseinandersetzung und berichten gleichzeitig davon. Sie engagieren sich für das Wissen. Das geschieht im klassischen Journalismus auch, aber der ZDF Journalist in Bagdad engagiert sich in der Regel nicht um ganz neue Betrachtungen der Verhältnisse, beispielsweise zwischen amerikanischen Soldaten und Einwohnern. Er ist vor Ort, aber verwickelt sich nicht. Das hat seine Berechtigung, ist aber gesellschaftlich betrachtet zu wenig. Wir verpassen eine Chance, wenn die Medien nur Kopiermaschinen bleiben. Sie sind eine Infrastruktur, die man auch anders benutzen kann.

Eine Infrastruktur, die sich die Menschen aneignen können, mit radikaler Subjektivität. Das ist Innovation. Integration bedeutet nicht zwangsläufig Einmischung von oben herab und subjektiver Zugang ist ein Wert, kein Fehler. Wenn dieser Journalist nun auf ein Problem stößt, beispielsweise die Bildungssituation junger Frauen in einem Dorf und über Jahre hinweg immer wieder davon berichtet, mit den Leuten arbeitet, sich vor Ort engagiert, ist das, wovon er berichtet, gelebtes Wissen und nicht nur ein Zitat ist, welches ähnlichen Situationen in ähnlichen Regionen der Welt ähnelt und weshalb sich der Zuschauer diesen scheinbar großen Problemfragen gegenüber ohnmächtig fühlt, bis uns die Welt nur noch alternativlos erscheint, wir nach den großen Strukturen, nach der Zentralisierung der Macht rufen, was die Industrie will.

Egal, welches Thema. Nach einigen Tagen bildet sich ein Cluster heraus, ein Bündel von Aspekten, von ungelösten Fragen, von Bezügen zur Geschichte, zu Entwicklungen innerhalb des Themas, sowie zu ganz anderen Themen, wie Freiheit oder die Verbesserung der Arbeitsbedingungen. Die Vertiefung führt zur Relevanz für die Welt. Ein Wichtiger Satz! Nicht die Vorauswahl nach Kriterien wie Aktualität, Ort oder Wer, Wo, Wie, Warum. Es muss möglich sein, dass eine JournalistIn, die einen Beitrag über Krebs dreht, derart intensiv am Thema dran bleibt, dass Sie Jahre später schließlich selbst ein Heilmittel gegen Krebs entwickelt. Oder - wenn Durchbrüche geschaffen werden - zumindest dabei ist, dazu etwas beizutragen.

In solchen Geschichten wird das Innere der Welt erzählt.

Darin kommt alles vor, was die Menschen wissen müssen, wissen sollten. Diese Frau wird der Korruption begegnen, leeren Versprechungen, Skandalen, beeindruckenden Menschen usw.

Das würde sie auch, wenn sie in dieser Zeit von 1000 zusammenhangslosen Themen berichten müsste. Der Unterschied liegt darin, dass die Zuschauer und somit auch die Gesellschaft Zeit hätte, diese Informationen zu integrieren, zu verarbeiten und ein Teil gesellschaftlicher Veränderungsprozesse zu sein, statt nur deren Zuschauer.

Natürlich wachsen JournalistInnen dann stärker in vorhandene Strukturen außerhalb der Medien hinein, was nach klassischer Ansicht ihre Distanz, ihre Neutralität behindern könnte. Also die Reinheit der Information. Wie absurd. Welches Menschenbild steckt dahinter? Wie wenig Vertrauen in das Individuum? Die Grenzen der Arbeitsteilung verschwimmen. Wenn die Gesellschaft sich durch das organische Fernsehen hin zu mehr Vielfalt und Dynamik, hin zu transparenten und offenen Prozessen entwickeln würde, wäre die Distanz und Unbestechlichkeit des Journalisten nicht mehr derart gefährdet, dass Distanz ein Prinzip, ein Dogma sein müsste.

Es wäre eine Selbstverständlichkeit, wie Höflichkeit. Es wäre ein natürlicher Prozess, eine tägliche Haltung, immerzu auf der Suche nach einem neuen stimmigen Gleichgewicht, zwischen Nähe und Distanz, zwischen beteiligt sein und sich neu erfinden können. Wer nur Distanz lebt, weiß zu wenig, erlebt nicht, entwickelt sich nicht.

Mir fällt hier wieder auf, wie ich mir selbst ein Fernsehen erschaffe, dass meinen Fähigkeiten und Bedürfnissen entspricht. Ich wäre selbst gerne eine solche JournalistIn, die auf diese Weise arbeiten würde. Dieses Fernsehen würde ich selbst gerne leben, weil dieses meiner persönlichen Struktur, meinem Wesen entspricht. Ich sage das, um nochmals zu betonen, dass Subjektivität nichts Schlechtes ist. Es ist eine wichtige Bedingung

ORGANISCHES FERNSEHEN
Clusterbildung

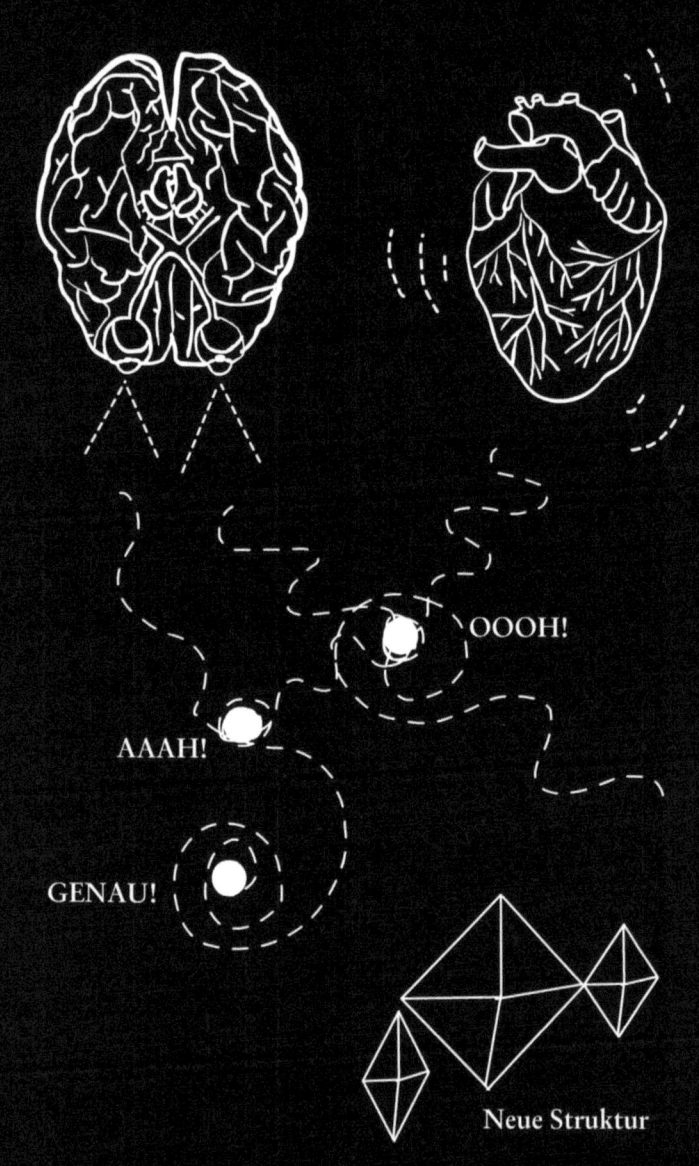

für Bewusstsein und Vielfalt. Eine Ressource. Dies ist kein Sachbuch. Was für mich stimmt, muss nicht für Sie stimmen.

Indem ich durch mich hindurch die Welt suche, finde, neu baue, fordere ich auch Sie auf, das zu tun. Was ich hier vorlebe, hat vielfach noch keinen Namen, kein Label. Das Wie ist hier ein selbstbestimmter Versuch, die Zukunft auszuloten. Andere Rollenbilder zu entwickeln, noch bevor man sie rational plant, strategisch vorschreibt, in Konzepte fasst, für die jemand Geld auf den Tisch legt.

Es passiert einfach, darum auch frei, im Zusammenspiel zwischen unbewussten und bewussten Strategien, um sich die Welt anzueignen und mit einem eigenen Beitrag zu erweitern. Das Grundrecht jedes Menschen. Auch das ist Forschung. Es passieren lassen. Was auch immer es ist, wohin auch immer es führt. Verstehen ist der Raum, in dem das Gehirn Cluster bildet. Ordnungsmuster und Lebensräume. Eben die Entstehung dieser Cluster nachzuahmen, ist das Ziel des organischen Fernsehens.

Die Bildung der Cluster wird wie gesagt, von der JournalistIn vor Ort, die Jahre lang an dem Thema ist, gefördert. Gleichzeitig aber müssen auch die in den Redaktionen Ihr eigenes Interesse verdichten und zyklisch an Themen dran bleiben, sowie Brücken bauen, Assoziationen zwischen Themenfeldern. Das kann dazu führen, dass ein Sender über Jahre hinweg nur ein Thema verfolgt. Bis es sich gesellschaftlich erschöpft. Auch hier kann ein ganzes Universum durch die Vertiefung eines Themas sichtbar werden. Warum nicht die Welt mit der Brille der Gesundheit oder durch die Perspektive von Zwangsarbeitern betrachten?

Wie verändert das unsere Wirtschaft, die Vorstellung von Armut? Die Perspektive, die Medien einnehmen, ist ein Werkzeug. Sie sollte nicht von Ideologie bestimmt sein, sondern allein von der Frage, wie sich die Welt verändert, wenn die Perspektive sich verändert. Zunächst eine wertfreie Frage. Eine Erfahrung.

Was hier in einem Rausch unbewussten Selbstausdrucks passiert, geschieht nicht willkürlich, sondern in einem Kontext. Der Kontext wird ein Teil davon. Vor zwei Tagen fand in Paris das Massaker an den Journalisten von Charlie Hebdo statt. Diesen

Zusammenhang habe ich nicht geplant. Überall ist von Presse-
und Meinungsfreiheit die Rede. Dieser Brief ist daraus entstanden.

Die Fragen, die ich hier aufwerfe, sind in vielen von uns, als
Ahnung, als Zweifel an den Strukturen. Unbewusst. Noch
ungeklärt. Es ist Zeit, tiefer zu schöpfen und im Medium tiefer
zum Ausdruck zu bringen, wer wir sind und wahrzunehmen, wie
wir dabei mit einander umgehen. Es muss noch nicht die fertige
Antwort sein.

Bernd stellt den Besuchern des neuen Senders eine kleine
Präsentation zusammen. Er empfängt die Gruppe von Studenten
am Eingangstor und führt sie ins Herz der Anlage, dem
Programmzentrum. Bernd ist ein korpulenter Typ mit
warmherzigen und großen Augen: »Das hier, meine Freunde, ist
das große Ding!«
Er wedelt mit den Händen ruhig, als würde er einen Takt
anschlagen: »Das ist das Big Baby. Das müsst Ihr Euch reinziehen.
Was hier auf der Schalttafel steht, sind nicht einfach nur
Programme, die demnächst gesendet werden. Es sind verdammte
Flugzeugträger, voller Wissen. Sie bewegen sich wie in einem
Meer. Priorität hat das Schiff, auf dem die fette Information
gelagert wird. Rundum kleine und wendige Kreuzer. U-Boote,
die nach unbewussten Kontexten suchen. Es ist fabelhaft. Einfach
unglaublich. Lasst Euch nicht davon irritieren, dass da
amerikanische und schwedische Fahnen an den Zerstörern sind.
Die waren im Modellbau einfach billiger. Vielleicht haben die aber
auch eine Bedeutung. Die Willkür des Krieges. Terrorismus oder
Coca Cola. Letztlich das Selbe. - Bob, was haben wir heute im
Wasser?«

Der bärtige Bob holt sein Klemmbrett raus: »Wir nennen es
übrigens »The Big Water«. Nur falls Bernd das noch nicht
erwähnt hat.«
»Mach weiter Bob. Die Kids wollen wissen, was im Programm
los ist.«
Bob räuspert sich.
»Wir hatten Gestern echt Probleme. Eine Moderatorin von Studio
Sieben hat sich versprochen und den amerikanischen Präsidenten
»Obahner« genannt, statt »Obama«. Seitdem diskutieren wir

landesweit darüber, was hier »gebahnt« wird. Ob sich was »anbahnt« und was die deutsche »Bahn« gerade zur Lage der Welt sagt. Eigentlich senden wir nur noch aus Zügen.

»Auszüge« von Mitschnitten, die wir auf Stoff-«Bahnen« drucken.

Das hat was mit der globalisierten Wirtschaft zu tun. Und noch was. Da sitzt ein Typ seit drei Tagen in einem Aufzug fest. Wir stellen ihm stündlich Fragen über den Krieg in der Ukraine. Hat sich so ergeben.«

»Ist das nicht unglaublich, Leute? Alles hängt mit allem zusammen. Ich bin so aufgeregt. Ich fühle, wie sich was Großes anbahnt.«

»Wir haben noch eine Staffel der TV Serie »Homes of Vampires«, die gerade in Zügen neu gedreht wird, die nach Amerika fahren, um dann, in einem Jahr, wenn wir das Thema zyklisch wiederholen, eine Assoziation zu unserem kollektiven Unbewussten herzustellen. Das wissen wir ja heute schon, dass das kommen wird. Das sich was anbahnt. Und auf jeden Fall gibt es bei der Bahn wieder einen Strike. Ganz großes Ding. Da halten wir voll drauf. Sonst noch was, Chef?!«

Bernd lächelt seine Gäste an: »Na, wer will heute die Nachrichten sprechen? Du da! Ich hab's verdammt nochmal in den Eiern, dass Du was zu sagen hast. Du da, mit der Mütze. Ist das ein Boot auf dem Shirt?«

Sicherlich haben Sie selbst bereits oft genug erfahren, wie Ihr Geist Wissen verarbeitet, dass dies Zeit braucht, dass man sich ständig zyklisch immer wieder um den selben Punkt dreht, dialektisch von einem Extrem zum Anderen pendelt. Dahinter steckt eine Physik. Ich sage bewusst nicht Verstand, weil sowohl emotionale, rationale wie auch intuitive, assoziative Prozesse dabei ablaufen. Ein Freiraum, der notwendig ist, damit Wissen integriert und Kultur dadurch erweitert werden kann. Tatsächlich hat die Vermittlungsmethode, mit der Information verbreitet wird, eine entscheidende Auswirkung auf unsere sozialen Beziehungen. Denken Sie nur daran, welchen Einfluss Daily Soaps auf das Familienleben der Leute haben. Also Formate, in denen eine mehr oder weniger heile Fernsehfamilie vorgespielt wird. Das wird nicht bewusst, wenn die Serie isoliert bleibt, wenn sie keinen Bezug zur Welt entwickeln darf. Was ich hier beschreibe, ist natürlich verrückt und komisch, Frau Mohn. Bitte bleiben Sie bei mir! Wir brauchen Sie noch! Ich will damit etwas illustrieren!

In der Soap wird der private Raum der Familie öffentlich inszeniert und somit vereinheitlicht. Der Zuschauer passt sich der Information an, was überwiegend unbewusst passiert, wie ich vorhin schon ausgeführt habe, weil das Medium keine Kultur des Wissensaustausches auf Augenhöhe zulässt. Im organischen Fernsehen kann diese passive Haltung durchbrochen werden. Die Grenzen zwischen Unterhaltung und Ernsthaftigkeit verschwimmen.

Im klassischen Fernsehen wird das Intimste in die Öffentlichkeit gezerrt und man normt damit unsere Identität. Dabei wird die reine Unterhaltung zu einer stärkeren Normierungsform, als die ernste Nachrichtensendung. Weil sie auf das Unbewusste abzielt. Die Nachrichten inszenieren das Ernste in der Welt und erlauben somit dem Unernsten nicht relevant zu sein. Darum sehen wir da nicht hin, übernehmen dafür keine Verantwortung. Dabei ist der Humor ein Werkzeug, um Wahrheit sichtbar werden zu lassen. Der Humor ist der Wahrheit näher als der Ernst. Humor und Intelligenz müssen darum zusammen gebracht werden. Es war der Sündenfall des Fernsehens, den Humor von der Intelligenz und Ernsthaftigkeit zu trennen, um den Humor zu einer banalen Sache zu degradieren. Die Satire ist eine Waffe, eine Waffe auf der Suche nach der Wahrheit.

Die Soap als Gefängnis des Humors, ist auch eine Form der Verdrängung des Privaten, des Ernsten im Privaten zu Gunsten einer seichteren Rolle, die weniger weh tut, die eben nicht auffordert, an den Beziehungen zu arbeiten und somit der Fähigkeit der Individuen, ihren eigenen Schmerz, ihre eigenen Erfahrungen selbstbestimmt zu leben, mit eigenen Worten zu benennen und darauf eine eigene Kultur zu bauen. Jede Mutter leidet am Hollywoodbild der idealisierten Mutter, ja der verdinglichten Frau. Oder nicht, Frau Mohn? Aber jetzt wieder zum Thema zurück!

Und wieder ein anderes Fernsehen versuchen

Alles was Menschen schaffen, geht von einem Impuls aus. Ein Impuls, der sich... Schnitt. Wie groß sind eigentlich Ihre Titten? Schnitt. Kaufen Sie unser Produkt! Schnitt. In Indien wurde eine Frau vergewaltigt. Schnitt. Das Wetter wird morgen heiter bis bewölkt. Schnitt.

Was wollte ich eigentlich gerade sagen? Ich bin verwirrt. Ich muss meine Emotionen zurücknehmen, weil ich so viel Emotion nicht ertrage, wenn ich nicht weiß, wohin damit und ich schalte auch ab, weil ich diese ganze Information nicht verarbeiten kann. Ich fühle mich leer. Gleichzeitig wurden meine Gefühle getriggert, mein Geist irritiert. Darum schalte ich wieder ein, schaue ich mir diese Shows an, starre wieder hin, weil da Leute lachen und dumme Dinge tun. Ich kann endlich innerlich abschalten. Ich brauche das irgendwie, weil es sich in mir verwirrt anfühlt, erschöpft, weil ich mich dann noch spüre und das Gefühl habe, wie die zu sein und denen geht es doch gut. Oder nicht?

Schnitt.

Die flimmernden Bilder halten mich gefangen, in Aufmerksamkeit, die solange nirgends hin führt, bis allein das Triggern eines kurzen Impulses genügt, um in mir die Erinnerung an ein erfülltes Leben entstehen zu lassen. Wie bei einem pawlowschen Hund genügt mir bereits die Andeutung von Unterhaltung, Information und Wissen, um mich informiert, geborgen und akzeptiert zu fühlen. Ich suche nur noch den Trigger, das Gefühl einer Assoziation mit Glück, mit Geborgenheit, eine Erinnerung an die Fernseherlebnisse meiner Kindheit. Ich weiß, dass ich sie leicht erreichen kann.

Es braucht nur das Drücken eines Knopfes, um wieder in der Welt der Liebe zu sein. Somit muss ich diese Dinge im Leben nicht mehr einfordern. Ich tausche meine Existenz gegen das bloße Zitieren einer erfüllten Existenz, von Abend zu Abend, vollkommen passiv, bis es mir vorkommt, als bewirke die Anwesenheit von Markenartikeln und Abendunterhaltung ein erfülltes Leben.

Schnitt.

Das ist das, wofür Sie Menschen bezahlen, Frau Mohn! So gehen Sie mit den Gefühlen, den Gedanken der Menschen um. Warum tun Sie das? Wie gehen Sie mit uns um? Warum lassen wir zu, dass Sie das tun?

Ich erinnere mich wieder, was ich eigentlich sagen wollte. Alles was Menschen schaffen, geht von Impulsen aus. Von inneren Impulsen, die sich durch jedes Individuum abweichend spiegeln und ausdrücken. Jedenfalls sollten sie das. Weil jeder lebendige Organismus Vielfalt und Abweichung benötigt.

Dazu zählten auch Prozesse von Reibung, von Langsamkeit, von Irritation und Integration. Es kommt auf die Ausgewogenheit, auf die Dynamik an. Es braucht viele Jahre, bis Menschen in der Lage sind, sich individuell, originär, selbstbestimmt auszudrücken. Dies gilt auch für eine Gesellschaft. Es braucht viel Kraft, um sich Wissen zu erarbeiten. Diesen Menschen sagen Sie, Frau Mohn, dass dies nichts wert ist, weil jede Information nur wenige Sekunden hat, jederzeit von einer Rolle Klopapier unterbrochen werden darf. Eine Rolle Klopapier hat mehr Relevanz im Fernsehen, als der individuelle Gedanke eines Menschen, weil eine Rolle Klopapier von jedem sofort verstanden wird. Verstehen Sie mich überhaupt?

Die Klo-Rolle braucht die restliche Welt nicht. Sie braucht den Kontext nicht, in dem vielleicht Leid oder Unrecht geschieht. Sie ist auch in der schlimmsten aller Welten noch schön und wird benötigt. Weil Firmen daran interessiert sind, ihre Waren an möglichst viele Menschen zu verkaufen, müssen wir alle zu Massen umgebaut werden und darum produzieren die Sender nur noch Massenware und bieten sie eine Plattform für Firmen, auf der unsere Identität zur Massenkultur umgebaut wird. Die Entwicklung neuer TV-Formate muss in immer kürzerer Zeit stattfinden. Die Formate müssen sich weitgehend ähneln. Die Lebensmodelle sollen sich vereinheitlichen. Nur auf diese Weise lässt sich das Vermögen der breiten Bevölkerung in die Hände weniger übertragen.

Vielfalt würde Konkurrenz beflügeln. Global Player wären nicht möglich. Und das hätte zur Folge, dass der Wohlstand in der Breite entsteht und nicht den wenigen Konzernen zufließt, den die Medien und die Unternehmen gehören. Es ist ein großes Netz, welches behauptet, uns alle zu nähren, dass sich an uns nährt.

Ich muss mich konzentrieren, mich erinnern, diesen Brief zu Ende schreiben, bevor der Bildschirm übernimmt.

Wir werden Ihren Sender plündern, Frau Mohn! Vielleicht, irgendwann, wenn nichts passiert. In der Nacht, oder bei Tag.

Es wird unerwartet geschehen und Menschen werden vor die Kameras treten, deren Gesichter noch nie im Fernsehen zu sehen waren und sie werden von neuen Zusammenhängen berichten.

Ich habe die Hoffnung, Frau Mohn, dass dieser Brief sie verändert.

Alles Liebe

Timothy Speed

Gesellschaft ohne Vertrauen

Angenommen es gäbe eine innere Ordnung, die sich in jedem Individuum ausdrückt. Wäre es möglich darauf eine freiere Gesellschaft zu begründen und eine kraftvolle, sinnvolle und kreative Wirtschaft? Warum vertrauen wir nicht darauf? Speed erforscht in seinem Buch die Grundlagen kreativer und lebendiger Organismen, Gesellschaften und Unternehmen.

ISBN-13: 978-3833451195

Stieren des Weltdesigners

Eines Tages droht der arbeitslose Konsument Timothy Speed der Firma Red Bull, vor ihrer Weltzentrale in Fuschl einen Stier zu töten, um die Menschheit wach zu halten. Diese wahre Begebenheit tritt eine Geschichte los, die aktueller und fantastischer nicht sein könnte. Speed wollte sich stellvertretend für das freie Individuum der Wirtschaft bemächtigen und zu einem neuen Arbeiter und Mitgestalter werden. In einem Europa der Vielfalt. Entstanden ist daraus ein Roman über Menschen, die sich den einfachen Lösungen verweigern und für das Leben entscheiden.

ISBN-13: 9783735780928

Inner Flow Management

Was passiert wenn ein Künstler und ein Manager Management neu erfinden? Èin kreativer und ganzheitlicher Standpunkt, wie Wertschöpfung anders gehen kann. IFM ist eine revolutionäre Management- methode, in der Komplexität bewusst nicht reduziert wird, um das Management zu vereinfachen. Sondern es wird mit den ganzen Wechselwirkungen und Auswirkungen unternehmerischen Handelns gearbeitet. Ein Quantensprung in Sachen Nachhaltigkeit.

ISBN-13: 978-3837046717

Intima

Die Vermeidung der authentischen Beziehung, des freien Ausgleichs und der unmittelbaren, zweckfreien Begegnung zwischen Menschen, ist einer der Kernfehler des Kapitalismus. Speed analysiert in seinem neuen Buch die daraus resultierenden Probleme, wie den Verlust an Kreativität und Vielfalt in Wirtschaft und Kultur, wodurch Entwicklung behindert und Freiheit abgebaut wird. In seiner Theorie der Sphären entschlüsselt er das blinde Verhalten der Massen, der Konsumenten und ArbeiterInnen, deren Vorstellung von Wertschöpfung fatale Folgen hat.

ISBN-13: 978-3738648348

MIX
Papier aus verantwortungsvollen Quellen
Paper from responsible sources
FSC® C105338

FSC
www.fsc.org